N&K

ANDREA CAMILLERI

STRENG VERTRAULICH

Roman

Aus dem Italienischen von Sigrid Vagt

Nagel & Kimche

Titel der Originalausgabe: *Il nipote del Negus*

4 5 15 14 13 12 11

Herstellung: Andrea Mogwitz und Rainald Schwarz
Satz: Satz für Satz. Barbara Reischmann
Druck und Bindung: Friedrich Pustet
ISBN 978-3-312-00468-3
Printed in Germany

AKTE NR. 1

KÖNIGLICHES MINISTERIUM DES ÄUSSEREN

DER MINISTER

Prot. Nr. 234/675/B
Betreff: *Prinz Grhane Solassie*

An Cavaliere Carmelo Porrino
Rektor der Königlichen Bergbauschule
Vigàta

Rom, 20. August 1929

Kamerad!

Uns ist ein dringliches Ersuchen seitens S. E. des Gesandten von Äthiopien in Italien zugegangen, dass dem Neffen des Negus Negesti Haile Selassie, König der Könige und Kaiser, die Einschreibung an Eurer Bergbauschule gestattet werden möge, damit er dort den dreijährigen Lehrgang besuchen und das entsprechende Diplom erwerben kann.

Der junge Mann mit Namen Grhane Solassie Mbssa, der den Titel Prinz trägt, ist am 5. März 1910 in Addis Abeba geboren und würde somit über das angemessene Alter und als Absolvent des Nationalen Königlichen Konvikts «Vittorio Emanuele» in Palermo, welches er von 1927 an besucht hat, auch über die erforderlichen Voraussetzungen verfügen. Er spricht perfekt Italienisch. Unser Ministerium würde grundsätzlich eine Bewilligung des Ersuchens befürworten und die Unbedenklichkeitsbescheinigung für die Einschreibung ausstellen unter der Bedingung, dass Ihr in Eurer Eigenschaft als Rektor der Königlichen Schule vorab eine diskrete Umfrage unter den Schülern und eventuell auch deren Eltern durchführt, die Aufnahme betreffend, die der junge Mann unter seinen Mitschülern zu gewärtigen hätte.

Es handelt sich dabei, wie Euch ohne weiteres nachvollziehbar sein wird, um eine Situation, die größte Umsicht erfordert, insofern der junge Mann, obschon Neger, immerhin ein äthiopischer Prinz und zudem noch direkter Neffe des Negus ist, der offenbar sehr viel von ihm hält.

Ihr werdet daher verstehen, dass jegliche Unfreundlichkeit, ein unglückliches Missverständnis, ein unabsichtliches Fehlverhalten, ein unangebrachter jugendlicher Spott mit größter Leichtigkeit einen diplomatischen Zwischenfall herbeiführen könnte, welcher der erleuchteten Außenpolitik, die unser Duce mit römischer und vorausschauender Entschlossenheit lenkt, zum gegenwärtigen Zeitpunkt sehr zum Schaden gereichen würde.

In dem unglückseligen Fall, dass sich im Rahmen der Schule irgendeines der erwähnten unerwünschten Vorkommnisse ereignen sollte, könnte unser Ministerium natürlich nicht umhin, dem Nationalen Erziehungsministerium darüber Meldung zu erstatten, damit die Verantwortung der Schulleitung der Königlichen Bergbauschule in Vigàta geprüft und die entsprechenden disziplinarischen Maßnahmen ergriffen werden.

In Anbetracht des bevorstehenden Schuljahresbeginns erwarten wir Eure umgehende Antwort.

Faschistische Grüße

für den MINISTER
der Kabinettschef
Corrado Perciavalle

P. S.

Die für den Besuch der Königlichen Schule vorgesehene Gebühr von 350 Lire im Monat wird das Außenministerium übernehmen.

KÖNIGLICHES MINISTERIUM DES INNEREN

DER MINISTER

Protokollnummer 21340098/B/112
Betreff: *Äthiopischer Prinz*

An Commendatore Felice Matarazzo
Präfekt von Montelusa

Rom, 21. August 1929

Kamerad!

Eine soeben eingetroffene Mitteilung unseres Außenministeriums unterrichtet mich darüber, dass sich zu Beginn des nächsten Schuljahres an der Königlichen Bergbauschule höchstwahrscheinlich ein junger Äthiopier (also Neger) namens Grhane Solassie Mbassa, 19 Jahre alt, als Schüler einschreiben wird.

Der oben Genannte ist ein Prinz, Neffe des Negus Negesti Haile Selassie, König der Könige und Kaiser von Äthiopien.

Der in Frage stehende Fall wirft einige Probleme auf, die ich Euch unterbreiten möchte und die es allesamt mit umsichtiger, faschistischer Entschlossenheit zu lösen gilt.

Wofern das Außenministerium sein Placet zur Einschreibung geben sollte, obliegt es mir, nochmals Eure Aufmerksamkeit auf die Tatsache zu lenken, dass der junge Äthiopier zwar Prinz, doch gleichwohl Neger ist und bleibt.

Ein Neger unter einer Schülerschaft von weißen Jungen, die von herrlichem, unermüdlichem faschistischen Eifer beseelt sind.

Bedenkt die Situation wohl.

Wir haben keine Kenntnis über die politischen Ansichten des jungen Mannes, aber wie wir wissen, hat er während seines zweijährigen Besuchs des Nationalen Königlichen Konvikts «Vittorio Emanuele» in Palermo nach Auskunft des Cavaliere Mattia Siniscalco, des derzeitigen Direktors des genannten Konvikts, keinerlei Anlass zur Klage gegeben.

Auf jeden Fall wäre es unseres Erachtens in höchstem Maße opportun, dass Eure Exzellenz geeignete Maßnahmen ergriffe, um jedes mögliche Risiko auszuschließen.

Ohne mich im geringsten in die Aufgaben einmischen zu wollen, denen Eure Exzellenz als Kampfbundmitglied der ersten Stunde und Teilnehmer des Marsches auf Rom so hervorragend nachzukommen weiß, erlaube ich mir deshalb, Euch diesbezüglich einige bescheidene Vorschläge zu unterbreiten.

Es wäre sehr angeraten, mit den Eltern der Schüler, die gegenwärtig die Königliche Bergbauschule besuchen, eine Reihe präventiver Gespräche zu führen, um ihnen zu vergegenwärtigen, dass für jedwedes eventuelle Vorkommnis zwischen einem Schüler und dem Äthiopier auf jeden Fall die Familienangehörigen des italienischen Schülers zur Verantwortung gezogen werden.

Dies könnte für den Erzeuger den Entzug des Mitgliedsausweises der Nationalen Faschistischen Partei auf unbestimmte Zeit bedeuten (eine Maßnahme, die die Beendigung jeglicher Arbeitstätigkeit, auch der selbständigen, nach sich zieht) und für die Erzeugerin, ebenfalls auf unbestimmte Zeit, die Streichung der Mitgliedschaft im Faschistischen Frauenverband (was den Verlust all jener vielfältigen Vergünstigungen beinhaltet, die die Regierung den Familien und den Müttern gewährt).

Allerdings stellt die Anwesenheit des jungen Negers in Vigàta möglicherweise eine noch heiklere und schlimmere Gefahr dar, der um jeden Preis vorzubeugen ist.

Wie Eure Exzellenz weiß, stachelt der mitreißende und unaufhaltsame Sieg des Faschismus nur um so mehr den Hass der noch verbliebenen elenden und erbärmlichen Subversiven an, die immer noch im Dunkeln ihre Komplotte gegen die grandiose faschistische Revolution schmieden und als Feiglinge, die sie sind, danach trachten, ihr auf niederträchtige Weise hinterrücks einen Dolchstoß zu versetzen.

Nun denn, ist es nicht denkbar, dass irgendein finsterer subversiver Kommunist, der dank der Großzügigkeit des Duce bedauerlicherweise noch auf freiem Fuße ist, die Anwesenheit des jungen Negers im Ort nutzen könnte, um ihn absichtlich zu beleidigen und zu attackieren, dergestalt dass daraus ein internationaler Skandal entstünde, den die dem Faschismus feindlich gesinnte Presse des Auslands mit Freuden über Gebühr aufbauschen würde?

Sollte es zu dieser unerwünschten Situation kommen, wäre ein internationaler Zwischenfall leider unvermeidlich.

Und unangenehme Auswirkungen auf die geniale Außenpolitik des Duce wären die Folge.

Der gesunde Menschenverstand gebietet also eine verschärfte Überwachung aller noch in Vigàta lebenden, wenn auch bereits auf die Liste gesetzten Kommunisten, Sozialisten, Anarchisten und Subversiven durch die Ordnungskräfte oder eventuell in Fällen extremer und unkontrollierbarer aufrührerischer Umtriebe das Ergreifen von Maßnahmen wie Freiheitsbeschränkung und Sicherungsgewahrsam.

Ich erwarte Eure unverzügliche Rückäußerung.

Faschistische Grüße

für den MINISTER
der Kabinettschef
Antonio Fortuna

KÖNIGLICHE PRÄFEKTUR VON MONTELUSA
DER PRÄFEKT

Protokoll Nr. 98799/BV/B/B/421

An Commendatore Filiberto Mannarino
Polizeipräsident von
Montelusa

Montelusa, 25. August 1929

Beehre mich, Abschrift des vom Ministerium des Inneren erhaltenen Briefes beizulegen, damit Ihr umgehend die Euch obliegenden Maßnahmen ergreifen könnt.

Faschistische Grüße

DER PRÄFEKT
(Felice Matarazzo)

KÖNIGLICHES POLIZEIKOMMISSARIAT
VON VIGÀTA

Protokoll Nummer:
Betreff:

An Commendatore Filiberto Mannarino
Polizeipräsident von
Montelusa

Streng vertraulich

Vigàta, 30. August 1929

Signor Questore,

gemäß den mir von Euch erteilten Anweisungen habe ich umgehend mit den Eltern der fünf Schüler aus Vigàta gesprochen, die gegenwärtig die Königliche Bergbauschule besuchen. Weitere Schüler erweisen sich nach dem von Rektor Porrino zur Verfügung gestellten Verzeichnis als in anderen Orten wohnhaft und fallen somit nicht in meine Zuständigkeit.

Über das Ergebnis dieser Gespräche erstatte ich gesondert offiziellen Bericht. Es drängt mich jedoch, Euch auf streng vertraulichem Wege darauf aufmerksam zu machen, dass der Vater des Schülers Rainer Müller, der Bergbauingenieur Heinrich Müller, deutscher Nationalität und Kopf der lokalen Freimaurerei ist. Er legte Wert darauf, mir kundzutun, dass er seit ihrer Gründung der Nationalsozialistischen Partei Adolf Hitlers angehört, und diese Partei, sagt er, sei zwar durch unser faschistisches Regime beeinflusst, vertrete aber doch Überzeugungen von unbedingter Rassenreinheit, und deshalb könne er nicht dulden, dass sein Sohn neben einem Neger sitzt, und sei es auch ein Prinz. Wir haben vereinbart, dass er unter Anführung rein logistischer Gründe seinen Sohn auf eine andere Schule schickt.

Pignataro Gerlando, von Beruf Bergmann, Alter 43 Jahre, Analphabet, Vater des Schülers Gesualdo, gab dagegen an, er habe keinerlei Verbindung zu seinem Sohn und würde ihn nicht einmal auf der Straße erkennen, denn er sei nur der Geburtsurkunde nach der Vater, da er mit seiner Ehefrau, Ferraù Agata, niemals fleischliche Beziehungen gehabt habe. Seinen Aussagen zufolge, und es gibt keinen Anlass, ihm nicht zu glauben, hat er sie lediglich auf das Versprechen einer beträchtlichen Summe Geldes hin geheiratet, die ihm nach der Hochzeit von dem tatsächlichen Vater, dem bekannten Mafioso Marchica Calcedonio, genannt `u zù Cecè, der im Gefängnis von Montelusa einsitzt, in regelmäßigen Raten überwiesen wurde.

Ich habe daraufhin die Ferraù Agata einbestellt und mit ihr gesprochen, wobei ich sie darauf hingewiesen habe, dass im Falle eines durch ihren Sohn Gesualdo verursachten Vorkommnisses nicht nur sie die Folgen zu tragen hätte, sondern auch der Häftling Marchica Calcedonio, dem eine Verschärfung der Haftbedingungen blühen würde.

Jetzt komme ich zu der heikelsten Sache.

Bevor ich zum Kommissar befördert und nach Vigàta versetzt wurde, war ich Vizekommissar im Polizeikommissariat von Riesi.

Deshalb versah ich gerade meinen Dienst, als S. E. Benito Mussolini am 11. Mai 1924 das im Bezirk Riesi gelegene Bergwerk Trabia mit seinem Besuch zu beehren geruhte.

Scharenweise strömten begeisterte Menschen aus Riesi, Sommatino, Ravanusa und anderen Nachbarorten herbei. In faschistischer Uniform, aber mit einer Studentenmütze auf dem Kopf, die die Studenten in Palermo ihm geschenkt hatten, wurde der Duce beim Betreten des Grubengeländes, wo sich Hunderte jubelnder und «Evviva» schreiender Männer und Frauen drängten, am linken Auge von einem Blumenstrauß getroffen, den die Signora Mafalda Giovenco ihm schwungvoll zugeworfen hatte, und während der Kundgebung musste der Duce deshalb die ganze Zeit blinzeln und sich immer wieder mit dem Taschentuch das getroffene Auge betupfen.

In dem Moment hielt ich die Sache, weil ja alle Blumen warfen, für vollkommen unbeabsichtigt.

Nach seinem Besuch unter Tage hielt er eine flammende Rede an die Masse von Menschen von einem Balkon herunter, unter dem eine Säule errichtet worden war, mit einer kunstvoll aus Schwefel gegossenen Büste Seiner Exzellenz Mussolini obendrauf.

Kurz bevor es an diesem Abend Mitternacht schlug, begaben sich nach von mir gesammelten Augenzeugenberichten drei verdächtige Gestalten, zwei Erwachsene und ein Heranwachsender, zu besagter Säule, und nachdem akrobatisch einer dem andern auf die Schultern geklettert war, wurde dem kleinsten von ihnen, der zuoberst stand, ein mit Mineralöl getränkter Bausch gereicht, der von dem Jungen mit einem Schwefelhölzchen in Brand gesetzt wurde. Während die drei spurlos verschwanden, löste das Feuer die kunstvolle Büste in Rauch auf.

Mit den Ermittlungen beauftragt, gelang es mir, das Widerstreben der Zeugen zu überwinden, die sich nur durch starken Druck und zermürbende Verhöre schließlich dazu bereit fanden, vage Informationen zu liefern, und ich nahm einen gewissen Giosafatte Landolfo fest, einen Maschinisten aus der Mine, der bis dahin noch keine antifaschistische Gesinnung an den Tag gelegt hatte.

Groß war meine Überraschung, als ich entdeckte, dass die Frau desselben eben jene Giovenco Mafalda war, die den Duce am Auge verletzt hatte.

Und nicht nur das: In ihrem Haus war ein vierzehnjähriger Neger zu Gast mit Namen Grhane Solassie, dessen Vater sich mit Landolfo angefreundet hatte, als dieser drei Jahre lang als Bergbauspezialist in Äthiopien zu tun hatte.

Ich glaubte, zwei der drei Männer, die diese unbesonnene, tollkühne Tat begangen hatten, identifiziert zu haben (einen der beiden Erwachsenen und den Jungen), doch leider wurde der Landolfo durch die Aussage des Bergwerkdirektors, Ingenieur Enrico Giovagnoli, ein Mann von leidenschaftlicher faschistischer Gesinnung, vollständig entlastet. Der Ingenieur sagte aus, er sei an jenem Abend im Hause Landolfo zum Essen eingeladen gewesen und habe sich dort bis weit nach Mitternacht aufgehalten.

Der Vollständigkeit halber füge ich noch hinzu, dass im

Ort nie bewiesene Gerüchte kursierten über ein Verhältnis des Giovagnoli mit der Giovenco, einer ziemlich schamlosen Person von anscheinend nicht kristallklarer Tugend.

Es kann also sein, dass die Leidenschaft der Sinne des jungen Ingenieurs Giovagnoli die Oberhand über seine Leidenschaft für den Faschismus gewonnen hat. Das war es, worüber ich Eure Erlauchte Herrschaft vertraulich in Kenntnis setzen wollte.

Faschistische Grüße

DER POLIZEIKOMMISSAR VON VIGÀTA
(Giacomo Spera)

KÖNIGLICHE BERGBAUSCHULE VON VIGÀTA

DER REKTOR

Protokoll Nr. 4563/A
Betreff: *Äthiopischer Schüler*

An S.E.
den Minister des Äußeren
Rom

Vigàta, 2. September 1929

Exzellenz!

Beehre mich, auf Euer Schreiben vom 20. August d. J., Protokoll Nr. 234/675/B, zu antworten, bezüglich der möglichen Reaktionen der Schüler, die unsere Königliche Bergbauschule bereits besuchen, auf die eventuelle Einschreibung eines neuen Schülers schwarzer Hautfarbe.

Da die Königliche Schule wegen der Sommerferien zur Zeit noch geschlossen ist, war es überaus schwierig, die Gesamtheit der Schüler zu erreichen.

Es ist mir gelungen, mit allen Verbindung aufzunehmen, mit Ausnahme eines Schülers aus dem zweiten Jahrgang, Cuticchio Giovanni, der jedoch aus einer Familie kommt, die in Fela für ihre Sittenstrenge, ihre religiöse Prinzipienfestigkeit und ihre zutiefst faschistische Gesinnung stadtbekannt ist.

Ich fühle mich deshalb imstande, für diesen jungen Mann persönlich zu bürgen. Von den anderen, mit Ausnahme eines einzigen, auf den ich später noch zurückkommen werde, habe ich ausschließlich Äußerungen gehört, die sich auf ein gewisses Interesse oder auf einfache, schlichte Neugier beschränkten. Niemals ein Zeichen oder ein Ausdruck des Widerwillens. Da die Frist für die Einschreibung an unserer Königlichen Bergbauschule am 10. August abgelaufen ist, war es mir möglich, auch die künftigen zehn Schüler des nächsten ersten Jahrgangs zu erreichen.

Nun gut, auch bei ihnen habe ich alles andere als feindselige Reaktionen festgestellt, mehr als einer hat sich sogar als Banknachbar angeboten.

In diesem Zusammenhang erlaube ich mir, Eure Exzellenz daran zu erinnern, dass der äthiopische Schüler im Falle der Bewilligung seines Gesuchs zusammen mit allen anderen Papieren auch die unerlässliche Teilaufhebung der vom Ministerium für Nationale Erziehung erlassenen Einschreibbedingungen vorzulegen hätte.

Und jetzt möchte ich den Fall des Schülers Rainer Müller darlegen.

Der in Italien als Sohn von Eltern deutscher Nationalität geborene junge Mann zeigte auf meine Frage, ob er etwas gegen den gemeinsamen Schulbesuch mit einem äthiopischen Schüler einzuwenden hätte, ein gewisses Zögern und riet mir, mit seinem Vater darüber zu sprechen.

Der mir gut bekannte Vater ist der Bergbauingenieur Heinrich Müller, der, von jeher Mitglied der Nationalsozialistischen Partei Adolf Hitlers, bereits zu verschiedenen Anlässen öffentlich und erregt seine deutliche Abneigung gegen Juden, Neger, Zigeuner und weibische Jünglinge zum Ausdruck brachte.

Er sagte mir, er habe über das Problem bereits mit dem Polizeikommissar von Vigàta gesprochen und sei zu dem Entschluss gelangt, seinen Sohn von unserer Schule zu nehmen und ihn in Caltanisetta anzumelden.

Ich wies ihn darauf hin, dass sein Sohn ja bereits im zweiten Jahrgang sei, während der Äthiopier eventuell in den ersten aufgenommen werde und es demzufolge keinerlei physische Nähe zwischen den beiden geben würde, worauf er mir entgegnete, durch die Anwesenheit eines Negers, der die gleiche Behandlung genießen würde wie sein Sohn, wäre für ihn die ganze Schule infiziert. Vorgestern jedoch erreichte mich die Nachricht, dass der junge Rainer, als er durch seinen Vater von dem bevorstehenden Wechsel an die Königliche Schule in Caltanisetta erfuhr, versucht hat, seinem Leben durch Erhängen ein Ende zu setzen. Gerade noch rechtzeitig gerettet, wurde er ins das örtliche Krankenhaus eingeliefert.

Gestern nachmittag suchte mich Ingenieur Müller auf, um mir mitzuteilen, er habe seine Absicht geändert, sein Sohn bleibe an unserer Schule.

Außerdem versicherte er mir wortreich, dass er uns trotz seiner tiefen Überzeugung hinsichtlich der Unterlegenheit und Gefährlichkeit der jüdischen und der schwarzen Rasse keinerlei Unannehmlichkeiten bereiten werde.

Auf meine diskrete Frage nach dem Grund für das törichte Handeln des Jugendlichen antwortete er, sein Sohn sei sehr sensibel und die Aussicht, die Schule und seine Gefährten, die ihn sehr mögen, verlassen zu müssen, habe ihn in tiefe Niedergeschlagenheit gestürzt.

Deshalb bin ich mir sicher, dass die eventuelle Anwesenheit eines äthiopischen Schülers kein Vorbote unliebsamer Vorfälle sein wird.

In jedem Fall stehe ich Eurer Exzellenz stets zur Verfügung.

Es lebe der Duce!

DER REKTOR DER KNGL. BERGBAUSCHULE
(Carmelo Porrino)

KÖNIGLICHES POLIZEIPRÄSIDIUM VON MONTELUSA

DER POLIZEIPRÄSIDENT

Prot. Nr.
Betreff:

An den Polizeikommissar
Vigàta

Streng vertraulich

Montelusa, 6. September 1929

Lieber Spera,

von S. E. dem Präfekten erhielt ich in Abschrift einen Brief, der vom Rektor der Bergbauschule von Vigàta (den ich für einen absoluten Trottel halte) an das Außenministerium geschickt wurde.

Ich lege ihn Euch zur Kenntnisnahme bei.

Mich überzeugt die Sache mit dem Schüler Müller nicht im geringsten.

Hat man je gehört, dass ein Schüler sich das Leben zu nehmen versucht, weil er die Schule, auf die er geht, verlassen soll? Das ist ja wohl ein Witz.

Ich vermute hinter dem Suizidversuch des Jungen ganz andere Motive.

Und die müssen aufgedeckt werden.

Meines Erachtens zeigt einer, der sich in dem Alter umbringen will, auf jeden Fall einen labilen Charakter.

Und wenn er morgen auf den Tick seines Vaters verfällt, die Neger zu hassen, und er mir eines schönen Tages dem Äthiopier den Bauch aufschlitzt?

Erwarte rasche vertrauliche Antwort.

Herzliche Grüße

DER POLIZEIPRÄSIDENT
(Filiberto Mannarino)

†

BISCHÖFLICHE KANZLEI MONTELUSA

An Don Stefano Ficarra
Via dei Crociferi 14
Vigàta

Montelusa, 7. September 1929

Liebster Pater,

wie Ihnen gewiss bekannt ist, soll infolge der am 11. Februar d. J. geschlossenen Lateranverträge zwischen dem italienischen Staat und dem Staat der Vatikanstadt von nun an in allen Schularten und Schulstufen wöchentlich eine Stunde Religionsunterricht erteilt werden.

Unsere Kanzlei hat Sie als Religionslehrer für die Königliche Bergbauschule in Vigàta ausersehen.

Wir haben Sie dem Rektor bereits namentlich genannt.

Ihren Dienst werden Sie mit Beginn des Schuljahres aufnehmen.

Sie werden demzufolge kontrollieren, ob in jedem Klassenraum besagter Schule zwischen den Porträts S. E. Benito Mussolini und Seiner Majestät Vittorio Emanuele III., König von Italien, das Heilige Kruzifix hängt.

Wie wir vernommen haben, werden Sie unter Ihren Schülern im ersten Jahrgang höchstwahrscheinlich einen jungen

Äthiopier vorfinden, der als Neffe des Negus, des Kaisers von Äthiopien, den Rang eines Prinzen hat.

Gegenwärtig besuchen viele Jugendliche aus Libyen, Eritrea und Somalia unsere Schulen.

Allerdings hat ihre Anwesenheit unseres Wissens bisher keinerlei Probleme bereitet, da alle, ich wiederhole, alle diese jungen Leute freiwillig ihrem Glauben abgeschworen und die katholische Religion angenommen haben.

Durch Informationen, die wir auf vertraulichem Wege von dem Direktor des Nationalen Konvikts «Vittorio Emanuele» in Palermo, welches der junge Äthiopier besucht hat, erhalten haben, geht hervor, dass der Prinz der koptischen Religion angehört. Wie Ihnen gewiss bekannt ist, ging die koptische Religion aus der Ablehnung des Monophysitismus seitens des Konzils von Chalkedon 451 hervor. Der Monophysitismus gründet im wesentlichen in der Behauptung, vor der Inkarnation habe es in Christus theoretisch zwei Naturen gegeben, eine menschliche und eine göttliche, hernach aber habe nur noch eine einzige existiert.

Ohne die Bedeutung dieser Frage schmälern zu wollen, scheint sie uns doch für die Haltung, welche Sie dem jungen Äthiopier gegenüber einnehmen sollten, insofern gänzlich ohne Belang, als es sich bei ihm in jeder Hinsicht um einen vollgültigen Christen handelt.

In Anbetracht der verwandtschaftlichen Beziehungen des Äthiopiers und seines Adelsranges halten wir deshalb eventuelle Initiativen, die Sie zu ergreifen versucht sein könnten, um den jungen Mann in den Schoß unserer Mutter Kirche zurückzuführen, für inopportun.

Desgleichen halten wir dafür, dass eine Diskussion zwischen Ihnen und dem jungen Äthiopier über die theologischen Unterschiede zwischen den beiden Religionen im Rahmen des Unterrichts nicht nur fruchtlos, sondern potentiell schädlich wäre.

Wir vertrauen deshalb auf Ihr Taktgefühl und Ihre Urteilskraft und grüßen Sie mit dem Segen für unseren Bruder in Christus.

für S. E. den BISCHOF
der Privatsekretär
(Don Angelo Sorrentino)

KÖNIGLICHES POLIZEIKOMMISSARIAT
VON VIGÀTA

Protokoll Nummer:
Betreff:

An Commendatore Filiberto Mannarino
Polizeipräsident von
Montelusa

Streng vertraulich

Vigàta, 10. September 1929

Signor Questore,

wenn Sie mir die Freiheit gewähren, mich mit aller Offenheit ausdrücken zu dürfen, stimme ich Ihnen darin zu, dass der Rektor der Königlichen Bergbauschule ein ausgemachter Trottel ist.

Nach Erhalt Ihres streng vertraulichen Schreibens dachte ich, es könne mir sehr von Nutzen sein, ein paar Worte mit den Klassenkameraden von Rainer Müller zu wechseln, um mehr über die Persönlichkeit des Jugendlichen herauszufinden.

Doch weil ich befürchtete, meine Fragen könnten bei den Jungen übermäßige Neugier oder sogar absonderliche

Schlussfolgerungen auslösen, habe ich gleich wieder Abstand davon genommen.

Das Glück war mir gewogen, als ich zufällig einen Freund aus meiner Zeit in Riesi traf, der aus beruflichen Gründen nach Montelusa übergesiedelt ist und den ich schon mindestens seit fünf Jahren nicht mehr gesehen hatte.

Er war so freundlich, mich zu sich nach Hause zum Essen einzuladen. Dort hatte ich Gelegenheit, seinen mittlerweile herangewachsenen Sohn Carlo wiederzusehen und zu erfahren, dass er nicht nur Schüler der Bergbauschule ist, sondern sogar mit Müller im selben Kurs sitzt.

Natürlich wusste er, wie im übrigen jeder, von dem Suizidversuch, doch als ich ihn fragte, ob der geplante Schulwechsel der wahre Grund gewesen sei, lief er rot an und ließ erkennen, dass er darüber nicht reden wolle.

Meinem Freund indes blieb diese Verwirrung nicht verborgen, und als seine Frau in die Küche ging, um den Abwasch zu machen, nutzte er die Gelegenheit und forderte ihn auf, offen zu reden.

Nach einigem Sträuben verriet uns der Junge, dass sich Müller Rainer, der wegen eines gewissermaßen weibischen Gehabes von allen «die Signorina» genannt wird, leidenschaftlich in einen Klassenkameraden verliebt hat, einen gewissen Bartolomeo Arzigò, und die Vorstellung, nicht mehr täglich Umgang mit ihm pflegen zu können, habe ihn zu dem vorgetäuschten Suizid veranlasst.

Dem vorgetäuschten, denn schon einmal hatte Müller zum Spaß zwei Kameraden, von denen einer der Sohn meines Freundes war, gezeigt, wie leicht er den Erhängten spielen könne.

Dem ahnungslosen Vater hat der junge Müller dann das Märchen von seiner Anhänglichkeit an die Schule aufgetischt.

Der Sohn meines Freundes erzählte uns auch, der Klassensprecher, Natale Domenico, ein begeisterter Faschist, habe die beiden eines Tages auf der Toilette überrascht und dies dem Rektor berichtet. Dieser jedoch erwiderte gleichgültig, er sehe darin nichts Schlimmes!

Ich hielt es für meine Pflicht, den Natale aufs Kommissariat einzubestellen, wo er bestätigte, auf seine Äußerung «Ich habe auf der Toilette Müller und Arzigò dabei erwischt, wie sie sich die Stangen polierten», habe der Rektor mit den berichteten Worten reagiert. Überrascht vom Verhalten des Rektors Carmelo Porrino hielt ich es für unerlässlich, auch ihn einzubestellen und eine Erklärung von ihm zu verlangen. Er schien ehrlich aus allen Wolken zu fallen.

Als der Klassensprecher das Verhalten der beiden meldete, hatte er offenbar an die Stangen aus Schwefelguss gedacht, die die Schüler übungshalber herstellen, weshalb er an deren harmloser Reinigung nichts Anstößiges fand.

Wieso drang es ihm nicht bis ins Vorzimmer seines Gehirns, dass es sich, wenn der Klassensprecher angelaufen kommt, um ihm Meldung zu machen, notwendigerweise um etwas durchaus anderes handeln muss als um ein Herumhantieren mit Schwefelstückchen?

Die Antwort, Signor Questore, liegt in der von Ihnen unterstellten Trotteligkeit, die hiermit reichliche Bestätigung erfährt.

Ich habe dem Rektor geraten, einen triftigen Vorwand zu

finden, um den Arzigò Bartolomeo der Schule zu verweisen, sobald der Unterricht wieder beginnt.

Überdies versäumt es Arzigò nach Aussage des Sohnes meines Freundes nicht, Müller auszunutzen, indem er sich ständig Geschenke machen lässt, auch in klingender Münze.

Ich werde ihn im Auge behalten, diesen vielversprechenden jungen Mann.

Sollte der Müller, den unglückseligen Fall einmal angenommen, nach der Entfernung seines Freundes neuerlich einen Suizid vortäuschen, werde ich mit einem gewissen Vergnügen, wie ich nicht verhehle, dafür sorgen, den Herrn Ingenieur über den wahren Charakter seines Sohnes in Kenntnis zu setzen.

Ehrerbietige Grüße

DER POLIZEIKOMMISSAR VON VIGÀTA
(Giacomo Spera)

KÖNIGLICHES MINISTERIUM DES ÄUSSEREN

DER MINISTER

Prot. Nr. 234/701/B
Betreff: *Prinz Grhane Solassie*

An Cavaliere Carmelo Porrino
Rektor Königliche Bergbauschule
Vigàta

Rom, 20. September 1929

Kamerad Porrino!

Unser Ministerium erklärt Unbedenklichkeit bezüglich des Antrags des Prinzen Grhane Solassie Mbassa auf Einschreibung an der Königlichen Bergbauschule in Vigàta.

Faschistische Grüße

für den MINISTER
der Kabinettschef
Corrado Perciavalle

GESPRÄCHSAUSSCHNITTE 1

VIGÀTA – DOPOLAVORO «GIOVANNI BERTA»
23/8/1929, 19 Uhr

– …'s scheint, als ob diese Abessinier …
– Darf man vielleicht mal erfahren, wie die heißen?
– Wer denn?
– Die Abessinier!
– Cavaliere, was schwätzt Ihr da für einen Unsinn! Wie sollen sie denn heißen, die Abessinier? Abessinier eben!
– Donnerwetter, was für ein Schlauberger Ihr seid! Mit Euch red ich nicht mehr!
– Und warum nicht?
– Ihr habt mich beleidigt!
– Ich?! Würdet Ihr mir das erklären?
– Dass die Abessinier Abessinier heißen, das weiß ich selber! Aber warum nennt man sie dann außerdem auch noch Äthiopier?
– Da muss ich, ehrlich gesagt, passen, Cavaliere. Könnt sein, dass die im Norden Abessinier heißen und die im Süden Äthiopier. Oder andersrum.
– Ihr wollt mir also weismachen, es wär wie bei uns, wo es Lombarden gibt und Kalabresen?
– Genau.
– Nicht doch, Verehrter!

– Lieg ich da falsch?
– Na und ob Ihr da falsch liegt! Sicherlich, es gibt bei uns Lombarden, Kalabresen, Veneter, Sizilianer, aber alle zusammen genommen heißt man uns Italiener. Es ist doch nicht so, dass Italien im Norden Lombardei heißt und im Süden womöglich Trinakria!
– Cavaliere, warum ereifert Ihr Euch denn so über diese Namensgeschichte?
– Weil, es überzeugt mich nicht! Dieser Prinz zum Exempel, warum heißt er Solassie?
– Aus demselben Grund, weshalb Ihr Sferlazza heißt.
– Ach ja? Und wie hat mein Onkel Totò mit Nachnamen geheißen?
– Sferlazza, wie denn sonst?
– Genau da wollt ich Euch hinhaben! Dann erklärt mir doch mal, warum dieser Schwanz von einem Prinzen Solassie heißt, wenn sein Onkel, der Kaiser, Selassie heißt.
– Woher soll ich das wissen? Könnt sein, dass in Abessinien die Neffen den Vokal wechseln.
– Ach so? Dann heißen wohl Eurer Meinung nach die männlichen Söhne Silassie? Und die weiblichen Töchter Sulassie? Und die Cousins Salassie? Herrgottnochmal, es bringt mich um den Verstand, wenn ich Euch so daherreden hör!
– Cavaliere, Euch trifft noch der Schlag. Wir reden doch nur, um ein bisschen zu schwätzen.
– Na, lassen wir's gut sein. Was habt Ihr mir denn vorhin sagen wollen?
– Dass diese Abessinier, wie's scheint, keine Schuhe tragen.
– Tatsächlich?!
– Jawoll. Nicht mal ihr Kaiser trägt welche.

– Also, dann wird dieser Prinz hier barfuß im Ort auf und ab spazieren?
– Sieht so aus.
– Na ja, wenn man's recht bedenkt, unsere Alten laufen ja auch barfuß.
– Was haben denn unsre Alten damit zu tun? Das ist ein Prinz! Könnt Ihr Euch unsern guten Prinzen Don Ludovico Pignatelli Aragona Cortez vorstellen, wie er barfuß im Café Castiglione sitzt?

VIGÀTA – DOPOLAVORO EISENBAHNER
23/8/1929, 19.05 Uhr

– Hast du eine Vorstellung, wie ein Eliofant aussieht?
– Aber sicher doch. Letztes Jahr war einer im Zirkus gewesen.
– Hast du eine Vorstellung, wie der Rüssel vom Eliofant aussieht?
– Jawoll.
– Die Abessinier haben genau so einen!
– So eine Nase?
– Wer redet denn von Nase?!

MONTELUSA – CASA DEL FASCIO
1/9/1929, 11 Uhr

– Kamerad Porrino, zum Rapport!
– Wer seid Ihr und was wollt Ihr? Los, schnell. Ein Mann, der zehn Worte braucht, wo fünf genügen, hat vom dynamischen Geist des Faschismus nichts begriffen.
– Rektor Königliche Bergbauschule Vigàta stop Betreff Ankunft Schüler Prinz Neger stop.
– Was soll das sein, ein Telegramm? Wagt Ihr es, Euch lustig zu machen?
– Signor Federale, das würde ich mir nie erlauben, ich …
– Wie redet Ihr denn?!
– Wer? Ich?!
– Ja, Ihr! Signor Federale! Hier gibt es keine Signori, habt Ihr verstanden, Porrino? Nur Kameraden! Hier drinnen sind wir alle Kameraden! Ich zeige Euch ein Beispiel. Ihr dahinten, in der dritten Reihe, aufstehen! Nicht Ihr, der daneben, der Priester. Gut. Ihr seid Priester, nicht wahr?
– Gewiss, Kamerad Federale!
– Aber vor allem seid Ihr ein …?
– Ein Faschist, Kamerad Federale!
– Habt Ihr gesehen? Ihr, Porrino, zeigt einen unheilbar bürgerlichen Geist!

– Kamerad Federale, ich bin ein Faschist der ersten Stunde! Seine Exzellenz General Emilio De Bono, Quadrumvir der faschistischen Revolution, ist ein Cousin zweiten Grades von mir!
– Schon gut, schon gut, jetzt redet.
– Kamerad Federale, ich weiß nicht, ob Ihr wisst, dass …
– Halt!
– Heilige Muttergottes, was hab ich jetzt gesagt?
– Kamerad Porrino, redet nicht unbedacht weiter! Wer bin ich?
– Ihr … Ihr seid der Kamerad Federale, Kamerad Federale.
– Und was repräsentiere ich in der Provinz Montelusa?
– Die Partei, Exzell … Kamerad Federale.
– Und wer ist der oberste Führer der Partei?
– Der Duce!
– Heil dem Duce!
– Heil!
– Gut. Und weiß der Duce nicht alles? Kennt Er nicht sogar unsere Gedanken? Ist Er nicht allsehend? Weiß Er nicht alles, was im faschistischen Italien passiert?
– Gewiss, Kamerad Federale.
– Und ich als Stellvertreter des obersten Führers der Faschistischen Partei weiß deshalb alles über Euch! Habt Ihr verstanden?
– *Signorsì.*
– Fangt Eure Rede noch mal korrekt von vorn an.
– Kamerad Federale, wie Ihr natürlich wisst, besteht die Wahrscheinlichkeit, dass in einigen Tagen ein Neffe des Negus als Schüler an meine Schule kommt, und da wollte ich …

– Ich weiß, ich weiß. Fasst Euch kurz. Sagt, was Ihr wissen wollt.
– Wie soll ich ihn behandeln?
– Was soll das heißen?
– Gesetzt den Fall, er macht etwas falsch oder er benimmt sich schlecht, was soll ich dann tun? Soll ich ein Auge zudrücken?
– Ihr wollt ihm eine Sonderbehandlung angedeihen lassen?
– Kamerad Federale, aus dem Brief, den mir Seine Exzellenz der Außenminister geschickt hat, glaubte ich zu verstehen, dass …
– Ihr sollt nicht verstehen, Porrino! Ihr sollt nur glauben und gehorchen! Und wenn nötig kämpfen!
– Gut, Kamerad Federale, aber wie soll ich ihn behandeln?
– Wie alle anderen, Porrino! Ganz genauso! Wenn er undiszipliniert ist, soll er die eiserne faschistische Disziplin kennenlernen!
– Ich werde tun, was Ihr sagt, aber da ich aus dem Brief den Eindruck hatte, dass die Dinge …
– Drückt Euch deutlicher aus.
– Also, Seine Exzellenz der Minister hat mir geschrieben, ich solle jeden Konflikt mit dem jungen Äthiopier vermeiden, denn wenn so etwas bekannt würde, könnte es der Außenpolitik des Duce schaden.
– Das heißt also, Ihr mildert die eiserne faschistische Disziplin durch ein wenig römischen gesunden Menschenverstand. Die Römer brachten ihre starken Legionen mit Zuckerbrot und Peitsche auf Trab! Heute eine Bestrafung, morgen eine Belohnung. Habt Ihr verstanden?
– *Signorsì.*

– Sonst noch was?
– Eine letzte Frage. Muss dieser Äthiopier am faschistischen Samstag auch das Schwarzhemd tragen wie alle anderen Jungen?
– Ist er Mitglied in der Faschistischen Jugend?
– Ich habe mich beim Direktor des Nationalen Konvikts in Palermo erkundigt, wo er Schüler war. Er ist nicht Mitglied.
– Natürlich, als Ausländer ist er nicht dazu verpflichtet.
– Also, was mache ich? Lass ich ihn samtags zu Hause bleiben?
– Lasst mich doch einen Moment nachdenken, Herrgottnochmal! Seid still!
– *Signorsì.*
– Sagt mal: Ist seine Haut schwarz?
– So wurde mir gesagt.
– Wie schwarz denn?
– Kohlrabenschwarz, Kamerad Federale.
– Dann ist es kein Problem. Lasst ihn samstags mit freiem Oberkörper kommen.

VIGÀTA – SCHLAFZIMMER WOHNUNG BUTTICÈ
8/9/1929, 22 Uhr

– Pippì, kommt der jetzt, dieser Bessinier, oder kommt er nicht?
– Es scheint, als kommt er.
– Stimmt es, dass er barfuß läuft?
– Barfuß, von wegen! Porrino hat mit dem Direktor vom Konvikt in Palermo gesprochen. Er trägt Schuhe, die kosten so viel wie ich in zwei Monaten Gehalt kriege!
– Dann ist er also reich?
– Getroffen! Das ist ein Prinz!
– Das heißt noch gar nichts. Die Prinzen von Santa Venerina haben kein Geld nicht, sich eine Zeitung zu kaufen. Die Prinzen von Torricola haben Flicken auf dem Hintern. Die Prinzen von …
– Hörst du jetzt auf mit deiner Litanei? Ich muss morgen früh um sechs raus!
– Pippì, hör mal.
– Mensch, was für ein Theater. Was ist denn?
– Ich schäm mich, es zu sagen.
– Wie denn? Erst willst mich was fragen und dann schämst dich dafür? Jetzt red schon, zum Teufel! Und dann lass mich schlafen!

– Nicht so laut! Weckst ja Michilina auf, wenn du so schreist!
– Gut. Willst mich jetzt was fragen oder nicht?
– Gestern, wo wir aus der Messe kommen sind, hat mir die Signora Burruano erzählt, dass diese Bessinier … also jedenfalls … scheints haben diese Bessinier … diese Bessinier …
– Ich nehm jetzt meine Matratze und schlaf auf dem Lokus.
– Wart, ich schäm mich so. Im Namen des Vaters, des Sohnes und des Heiligen Geistes. *Signuruzzu*, liebster Herrgott, ich frag es nicht in böser Absicht, sondern um rechten Gebrauch davon zu machen. Amen.
– Bist du bescheuert? Fängst jetzt auch noch an, Gebete zu murmeln?
– Pippì, stimmt es, dass er bei diese Bessinier so dick und so lang ist wie der Rüssel bei die Elefanten?
– Auf was für Ideen ihr Frauen bloß kommt! Das ist doch ein Mann und kein Elefant!
– Ach, Gott sei Dank! Nacht, Pippì, schlaf gut.
– O nein, Carmelì! Jetzt erzählst du mir alles! Warum dankst du Gott, dass der Schwanz des Bessiniers normal lang ist?
– Du sollst nicht so reden! Du sollst nicht solch unanständige Wörter gebrauchen!
– Ich gebrauch unanständige Wörter, wie's mir passt und gefällt! Carmelì, du redest jetzt, und wenn's bis zum Morgen dauert!
– Ich hab an unsre Tochter gedacht.
– An Michilina? Was hat denn Michilina mit dem Schwa … mit dem Bessinier zu tun?
– Ich hab gedacht, womöglich könnt ja dieser Bessinier einen guten Ehemann für unsre Tochter abgeben.
– Du bist ja völlig übergeschnappt!

– Hör mir mal zu. Wenn dieser Prinz kommt, wo du doch Schulsekretär an der Bergbauschule bist, da könntst ihn ja mal irgendwann zu uns zum Essen einladen, so lernt er Michilina kennen und …

– … und haut schleunigst wieder ab nach Abessinien! Du siehst deine Tochter mit den Augen der Mutter, und das ist ja auch gut so, aber Michilina ist potthässlich! Sie hat krumme Beine, einen Schnurrbart und sieht aus wie eine Negerin!

– Ja eben drum! Ist er denn nicht auch ein Neger?

MONTELUSA – KÖNIGLICHE PRÄFEKTUR

12/9/1929, 9.30 Uhr

– Zu Befehl, Exzellenz.
– Nehmt Platz, nehmt Platz, lieber Pulvirenti. Wie schaut's aus in Vigàta?
– Alles ruhig, Signor Prefetto.
– Gut. Ich habe Euch herbestellt, weil ich einen Eilbrief von Seiner Exzellenz dem Kameraden Innenminister erhalten habe, und der betrifft Euch als Bürgermeister von Vigàta.
– Heilige Muttergottes, ich bin erledigt! Jesus, Maria und Josef, rettet meine Seele! Der Minister hat geschrieben? Ich bin verloren! O mein Gott, o mein Gott! Was hab ich getan, was hab ich falsch gemacht? Ach, was hab ich bloß getan? Was will der Minister von mir?
– Beruhigt Euch, Pulvirenti …
– O nein, so viele wollen mir was Böses, Signor Prefetto! Ihr ahnt ja nicht, wie viele Leute mich tot oder im Knast sehen wollen!! Und, was tun sie also, diese Riesenarschlöcher? Sie fangen plötzlich an und schreiben anonyme Briefe voller Gemeinheiten über meine Person!
– Hört zu, Pulvirenti …
– Sie behaupten, dass ich das Geld der Gemeinde in die eigene Tasche stecke! Dass ich mir die Auftragsvergabe be-

zahlen lasse! Dass ich die Tochter des Friedhofswärters missbrauche! Ich! Wo ich doch die Anständigkeit in Person bin! Faschist bin ich! Nur Gott weiß, wie durch und durch Faschist ich bin! Schaut hier, Exzellenz, seht Ihr dieses Mal am linken Handgelenk?

– Was so aussieht wie ein Muttermal?

– *Sissignore!* Ein Kommunist hat mir diese Verwundung beigebracht! Mein Blut habe ich für die Revolution vergossen! Und jetzt wollen sie mich fertigmachen! Was hab ich denn bloß falsch gemacht?

– Pulvirenti, Schluss jetzt oder ich werfe Euch raus! Es reicht! Wenn Ihr sagt, Ihr seid Faschist, dann benehmt Euch auch wie ein Faschist! Ruhig und mannhaft! Und vor allem, lasst mich endlich zu Wort kommen!

– Schon gut, schon gut, Exzellenz.

– Also, da in ein paar Tagen ein junger abessinischer Prinz in Vigàta eintreffen wird, der …

– Das weiß ich schon alles, Exzellenz.

– Gut, der Minister wünscht, dass Ihr Euch um eine angemessene Unterkunft kümmert.

– Aber Signor Prefetto, bei uns gibt es keine angemessenen Unterkünfte für einen Prinzen! Das sind alles nur Absteigen.

– Wir haben uns missverstanden. Der Minister möchte, dass Ihr eine gutgeführte Pension sucht, wo er …

– Da gibt es die Pension von Signora Palillo.

– Welche Art Gäste?

– Schüler.

– Um so besser.

– Aber ich weiß nicht, ob …

– Raus mit der Sprache.

– Ich weiß nicht, ob die Signora Palillo ihn aufnimmt.
– Weil er Neger ist? Sagt dieser Palillo, sie soll uns nicht auf die Eier gehn mit dieser Sache …
– Darum geht es nicht, Exzellenz. Wisst Ihr, die Signora nimmt nur Gäste auf, deren faschistische Gesinnung außer Zweifel steht. Nun wissen wir aber nicht, ob dieser Äthiopier …
– Dann ist die Sache geritzt, Pulvirenti! Genau das brauchen wir! Der Minister will, dass der Prinz diskret überwacht wird, damit man herausfinden kann, wie er dem Duce und dem Faschismus gegenüber eingestellt ist. Gibt es dort in der Pension jemanden, dem wir vertrauen können?
– Selbstverständlich. Antonio Argento. Er besucht das Gymnasium und bei allen Versammlungen und Kundgebungen ist er stets der erste. Jeden Tag trägt er das Schwarzhemd, das hat er von seiner Mutter mit dem Kopf des Duce besticken lassen.
– Ausgezeichnet. Ihr geht hin und redet mit der Pensionswirtin, damit sie keinen Ärger macht, und dann schickt Ihr mir diesen Argento her. Übrigens, ist sie teuer, die Pension?
– Man kann ja die Signora auf jeden Fall um einen Preisnachlass bitten.
– Tut das, in Eurem eigenen Interesse.
– Entschuldigung, aber was hat denn jetzt mein Interesse damit zu tun?
– Ich meinte nicht Euer Privatinteresse, Pulvirenti, sondern das der Gemeinde, deren Bürgermeister Ihr seid.
– Und was hat die Gemeinde damit zu tun?
– Die Pensionskosten gehen zu Lasten des Außenministeriums.

– Aber wenn sie zu Lasten des Außenministeriums gehen, was hat dann die Gemeinde damit zu tun?
– Sie hat insofern damit zu tun, als Eure Gemeinde den monatlichen Betrag für die Pension vorstrecken muss, und erst im nachhinein wird Euch nach Vorlage der Quittungen die Gesamtsumme erstattet.
– Versteh ich das recht, Exzellenz? Angenommen, der Pensionspreis beträgt 340 Lire im Monat, dann bedeutet das, die Gemeinde muss zweitausendvierzig Lire vorstrecken?
– Richtig. Aber ich verstehe Eure Rechnung nicht.
– Ich habe den Monatsbetrag mit den sechs Monaten des ersten Kurses multipliziert.
– Aber nein. Der Minister zieht in Betracht, dass der junge Mann das ganze Jahr über in Vigàta bleiben wird.
– Dann läuft es auf viertausend und achtzig Lire hinaus.
– Aber nein. Der Minister zieht in Betracht, dass die Gemeinde für alle drei Kurse im voraus bezahlt, also für drei Jahre.
– Scheiße!
– Pulvirenti!
– Aber Exzellenz, das macht zwölftausendzweihundertvierzig Lire.
– Ja und?
– Daran geht die Gemeinde pleite!
– Aber nein! Redet keinen Unsinn! Im faschistischen Italien kann keine Gemeinde pleite gehen!
– Aber wenn doch die Gemeinde das Geld nicht hat!
– Dann heißt das, Ihr müsst aus eigener Tasche dafür aufkommen. Schließlich wird es Euch ja zu gebührender Zeit zurückerstattet, nicht wahr?

– Aber Exzellenz, ich …

– Pulvirenti, sollen wir uns über Eure Gepflogenheiten bei der Auftragsvergabe unterhalten? Oder über die minderjährige Tochter des Friedhofswärters?

– Exzellenz, Ihr wollt mich fertigmachen!

– Schluss jetzt, Pulvirenti. Heil dem Duce!

– Heil!

VIGÀTA – FILIALE DES BANCO DI SICILIA
15/9/1929, 17 Uhr

– Entschuldigen Sie, Signor Direttore, aber ich habe wirklich nicht begriffen, was Sie mir gesagt haben.
– Das liegt nicht an Ihrer Begriffsstutzigkeit, Musumeci. Auch ich kapiere nichts. Sie als alter Kassenvorsteher haben so viel mehr Erfahrung als ich, und deshalb hatte ich gehofft, Sie könnten mir einen Rat geben …
– Signor Direttore, was verlangt der Außenminister denn letztlich von uns?
– Das ist genau der Punkt. Also, der Außenminister teilt uns mit, dass die persönlichen – wohlgemerkt, die persönlichen Kosten des Prinzen Grhane Solassie Mbassa vom Äthiopischen Hof übernommen werden.
– Was schert uns das, mit Verlaub?
– Und ob uns das was schert! Der Minister teilt uns mit, dass der Äthiopische Hof noch nicht quantifiziert hat.
– Na, dann reden wir doch darüber, wenn er quantifiziert hat.
– Nein, nein, Musumeci. Der Minister sagt, dass wir in Erwartung der Quantifizierung in Vorleistung treten sollen, weil die faschistische Großzügigkeit …
– Wir reden von Geld, Direttore. Und Geld ist weder faschistisch noch kommunistisch, es ist Geld und damit basta.

– Was wollen Sie damit sagen?
– Wer sich mit Geld vertut, muss selbst dafür geradestehen, ungeachtet der Politik.
– Aber was heißt das, um Himmels willen?
– Das heißt, wenn dieser Prinz hier vorstellig wird und tausend Lire für seine persönlichen Ausgaben haben will und Sie ihm aus faschistischer Großzügigkeit das Geld geben und sich dann herausstellt, dass der Äthiopische Hof als Obergrenze für die persönlichen Ausgaben dreihundert Lire quantifiziert, dann erstatten Sie die siebenhundert Lire Differenz, weil sie weder von der Bank noch von irgend jemand sonst genehmigt worden sind, aus eigener Tasche. Kurz und gut, die ganze faschistische Großzügigkeit können Sie sich dann sonstwohin stecken. Habe ich mich deutlich genug ausgedrückt?
– Absolut. Aber andererseits, wenn der Prinz vorstellig wird und tausend Lire haben will, wie bringe ich ihm dann bei, dass ich ihm nur dreihundert gebe?
– Sie können ihm sagen, dass es nur ein Vorschuss ist. Damit gewinnen Sie Zeit.
– Und wenn der Minister dann tobt?
– Können wir nicht warten, bis der Hof quantifiziert hat?
– Nein. Der Brief ist deutlich. Es heißt darin, während des im Verlauf der Quantifizierung entstehenden Zahlungsverzugs sollen wir in Vorleistung treten.
– Hören Sie, machen Sie es doch so. Holen Sie sich sofort Anweisungen von unserer Generaldirektion.
– Dazu ist keine Zeit, Musumeci!
– Warum nicht?
– Vor einer Stunde hat mich der Prinz angerufen und …

– Wie spricht er?
– Italienisch. Und er hat mir seinen Besuch für morgen Vormittag angekündigt. Das heißt, er kommt und will Geld! Und die von der Direktion, wer weiß, wann die zu antworten geruhen würden!
– Es gäbe eine Lösung.
– Und die wäre?
– Sie nehmen den Zug und fahren nach Palermo, um mit der Direktion zu sprechen. Sie lassen sich eine schriftliche Genehmigung geben.
– Aber ich bin doch nicht rechtzeitig bis morgen vormittag zurück!
– Sie können in aller Ruhe zurückfahren. Wir brauchen uns nur darauf zu einigen, dass wir morgen vormittag die Filiale nicht öffnen.
– Und warum nicht?
– Wegen einer Grippeepidemie.
– Ach was, Musumeci! Alle neun Angestellten gleichzeitig krank, während der Rest des Ortes vor Gesundheit strotzt? Das glaubt uns keiner! Man wird eine Untersuchung durchführen! Und sollte etwa auch der Buchhalter Bullone krank sein?
– Natürlich.
– Wissen Sie denn nicht, dass Bullone ein Spitzel des Federale ist? Der zeigt uns alle an!
– Stimmt. Aber es gäbe eine Lösung.
– Noch eine andere?
– Ja.
– Ich wusste ja, Sie sind ein alter Fuchs! Sagen Sie's schon, Musumeci.

– Aber vorher … ich möchte nicht ungelegen kommen, Signor Direttore …

– Ach was, ungelegen! Raus mit der Sprache!

– Erinnern Sie sich, dass mir letztes Jahr die Gehaltszulage verweigert wurde?

– Ach so, ja. Keine Sorge, ich werde es noch heute bei der Direktion ansprechen. Betrachten Sie die Sache als erledigt. Also, die Lösung?

– Ein kleiner Brand. Heute abend, fünf Minuten vor Schließung der Filiale.

– Was sagen Sie da?!

– Ein winzig kleiner Brand, nicht von Belang. Ein paar Papiere, die in Flammen aufgehen, weil ein Kunde eine brennende Zigarette in einen Papierkorb hat fallen lassen. Aber wir müssen nachsehen, welche Papiere vernichtet wurden. Deshalb muss die Filiale morgen geschlossen bleiben. Habe ich mich klar genug ausgedrückt?

– Ja, aber die Kippe, wer soll die fallen lassen?

– Darüber machen Sie sich mal keine Gedanken.

– Und Bullone?

– Den schicke ich nachmittags zur Banca d'Italia nach Montelusa. Dann ist er nicht da, wenn der Papierkorb Feuer fängt.

– Musumeci, Sie sind ein Genie!

VIGÀTA – HAUS DES DICHTERS PRESTIFILIPPO
15/9/1929, 22 Uhr

– Papa, darf ich stören?
– Ja ja, Ninetta, komm rein.
– Ich geh ins Bett, Papa.
– Gute Nacht, mein Kind.
– Gehst du noch nicht schlafen? Ist schon spät.
– Noch fünf Minuten. Ich will nur noch ein Gedicht fertigschreiben.
– Schon wieder eins?
– Ja. Willst du's hören?
– Na und ob!
– Zur Ankunft des äthiopischen Prinzen. Hast du davon gehört?
– Im Ort reden sie von nichts anderm. Lies mal vor.

Die Karawanen aus dem Tigray
wo weit und breit keine Oasei,
die Dünen von Danakil
die unter der Sonne glühn.

– Papa, da ist ein i zu viel. Es heißt Oase.
– Dichterische Freiheit, mein Kind. Weiter.

Den Obelisken von Aksum
der stumm verkündet Ego sum,
der Gazelle freien Lauf,
sie flieht und springt und bäumt sich auf,
wenn sich der Löwe auf sie stürzt,
den Bauern, der mit den Söhnen scherzt
im Schatten vor seinem Tukul …

– Hier muss ich noch einen Vers finden, mir fällt kein Reim ein.

All dies, oh Prinz, so hehr und stolz,
obgleich du schwarz wie Ebenholz,
bringst du uns her in deinem Schreiten
aus der Wüste Unendlichkeiten.
Wir reichen, Bruder, dir die Hand,
dein fernes Land ist uns verwandt.
Wir rufen laut dir zu im Chor
Und halten hoch das Kreuz empor:
Gemeinsam zieh mit uns voran.
Wir brechen dem Faschismus Bahn!
Dann hält uns keiner mehr auf.
Die Revolution nimmt ihren Lauf.
Eja, Eja, Alalà!

– Wie findest du es?
– Wunderschön, Papa.
– Danke. Sowie ich den fehlenden Reim gefunden habe, komm ich auch schlafen.
– Hör mal, Papa. Ist denn dieser Tukul wirklich nötig? Das hört sich komisch an.

– Wenn doch die Hütten dort so heißen.
– Ja, eben. Warum nimmst du nicht Hütte? *Den Bauern, der mit den Söhnen scherzt / im Schatten vor seiner Hütte …*
– Und was reimt sich darauf? Bütte? *Den Bauern, der mit den Söhnen scherzt / im Schatten vor seiner Hütte / in ihrer Mitte die Bütte …* Nein, man weiß nicht, was für eine Bütte das sein soll.
– Oder Schütte? *Hockend in seiner Hütte / auf dem Stroh der Schütte …*
– Nein, mein Kind, das geht auch nicht.
– Hör mal, Papa: *Den Bauern, der mit den Söhnen scherzt / vor seiner Hütte am Wüstensaum / unter dem großen Mannabaum.*
– Sind wir sicher, dass Manna ein Baum ist?
– Ganz sicher.
– Dann haben wir's! Manna gibt dem Ganzen etwas Biblisches.
– Willst du es veröffentlichen, Papa?
– Nein. Der Rektor der Bergbauschule hat mich zur Eröffnung des neuen Schuljahrs eingeladen, noch in diesem Monat, am 20. Du kommst mit und trägst es vor allen vor.
– Oh wie schön! Danke, Papa, danke!

VIGÀTA – KOMMISSARIAT
18/9/1929, 21 Uhr

– Jetzt kommt Ihr? Den ganzen Nachmittag warte ich schon! Was ist passiert? Hatte der Zug Verspätung? Was war los, Brigadiere?
– Gemäß Eurer Anweisung, Commissario, haben wir, der Polizist Pedullà und ich, uns zur örtlichen Bahnstation begeben, um auf die Ankunft des Zuges um 15. 30 Uhr aus Palermo zu warten. Besagter Zug ist mit faschistischer Pünktlichkeit auf die Minute genau eingetroffen, und unter anderen Reisenden ist ein junger Neger ausgestiegen, und als wir den gesehen haben, da waren wir sprachlos.
– Warum?
– Weil er keine prinzengemäße Kleidung trug, wie es seinem Rang gebührt hätte, sondern er war ziemlich schlecht gekleidet und hat keinerlei Gepäck dabeigehabt.
– Nicht mal einen kleinen Koffer?
– Nichts. Nur einen Kissenbezug, den hat er über der Schulter getragen und da waren wohl seine persönlichen Sachen drin, wie Socken und Unterhosen.
– Erzählt weiter.
– Weil in der Zwischenzeit kein anderer schwarzer Reisender aus den Wagen des besagten Zuges ausgestiegen war,

haben wir gemeint, es muss sich wohl um die betreffende Person handeln.
– Und was habt Ihr gemacht?
– Der Polizist Pedullà ist ihm gefolgt und hat gesehen, wie der junge Mann in eine Droschke gestiegen ist, und hat gehört, wie er dem Kutscher die Adresse genannt hat, nämlich die Via Carducci 10.
– Also die Pension «Patria», die Pension von Signora Palillo.
– Genau. Wir beide sind währenddessen zu Fuß zu besagter Pension gegangen und gegen sechzehn Uhr, plus minus, vor Ort eingetroffen, woselbst wir gemäß Eurer Anweisung kontrollieren sollten, ob der junge Mann gut untergebracht ist. Aber dort angelangt, haben wir von der Signora Palillo erfahren, dass ein Kutscher bei ihr vorstellig geworden war und eine Botschaft des Negers überbracht hatte, derselbe ließ sie wissen, dass er gegen Abend in die Pension kommen würde, und einstweilen hatte ihr der Kutscher den Kissenbezug mit den persönlichen Gegenständen desselben überlassen.
– Und er, wo war er hingegangen?
– Da liegt der Hase im Pfeffer, Signor Commissario. Wir sind zurück zum Bahnhof und haben dem Kutscher so lange gedroht, bis er auf Nachfragen zur Antwort gab, er hätte nur auf eine Frage des Negers geantwortet.
– Ich versteh nur Bahnhof.
– Signor Commissario, der junge Mann hat den Kutscher gefragt, wo er, sagen wir es mal so, seinem jugendlichen Überschwang Luft machen könnte, denn er hätte das dringende Bedürfnis.
– Er wollte in den Puff?
– Richtig, Signor Commissario. Der Kutscher hat ihm ge-

antwortet, er könnte ihn in die Via Risorgimento fahren, dort befindet sich …

– Der Puff von Donna Jole.

– Richtig. Aber der junge Mann hat gesagt, er geht zu Fuß, und der Kutscher soll inzwischen die Pensionswirtin von seiner Ankunft unterrichten. Dann hat er sich den Weg erklären lassen und ist losgegangen.

– Hat er die Kutsche bezahlt?

– Das ja, Signor Commissario.

– Und Ihr, was habt Ihr gemacht?

– Wir haben uns zu dem besagten Puff begeben, wo wir kurz nach siebzehn Uhr eingetroffen sind. Daselbst sagte uns Donna Jole, was die Puffmutter ist, der junge Neger hätte drei Mädchen vorbestellt, die sollte sie, die Puffmutter, ihm im Abstand von einer Stunde aufs Zimmer schicken.

– Mein lieber Schwan!

– Genau, Signor Commissario. Deswegen haben der Polizist Pedullà und ich beschlossen, es wäre wohl am besten, abzuwarten, bis der Betreffende sich ausgetobt hätte. Aber weil wir die Kunden in Verlegenheit brachten, denn die haben uns vom Sehen gekannt, hat uns Donna Jole in einen kleinen separaten Salon geschickt.

– Und dann?

– So gegen zwanzig Uhr ist Donna Jole gekommen und hat gesagt, der Neger wäre fertig, aber weil er die Marken für die Huren nicht bezahlen konnte, er hatte keine einzige Lira dabei, hat er ihr vorgeschlagen, sie soll die Rechnung an die örtliche Filiale des Banco di Sicilia schicken.

– Ist der verrückt?

– Um Streitigkeiten zu verhindern, habe ich mir erlaubt, die

Bezahlung zu übernehmen, und ich habe mir auch eine ordnungsgemäße Quittung ausstellen lassen, die ich mich beehre, Euch zwecks der geschuldeten Erstattung vorzulegen. Hier, das ist sie.

– Brigadiere, habt Ihr etwa auch nicht mehr alle Tassen im Schrank? Wie soll ich denn der Quästur einen Antrag auf Erstattung für sechs Marken zu je einer halben Stunde Bordell vorlegen? Was soll der Unsinn? Und weiter?

– Weiter nichts. Der junge Mann ist rausgekommen, hat sich erkundigt, wo sich die Pension «Patria» befindet und ist hingegangen. Als wir gesehen haben, dass er reingegangen ist, sind wir hierher zurückgekommen. Entschuldigung, Commissario, aber wer erstattet mir das denn jetzt?

– Der Banco di Sicilia, Brigadiere.

AKTE NR. 2

All'armi, siam fascisti!

Direttore Angelo Battiferri — Montelusa, 22. September 1929

Wochenzeitung der Faschistischen Föderation Montelusa

Vigàta. Vorgestern fand in der Aula Magna der Königlichen Bergbauschule die feierliche Eröffnung des Schuljahrs 1929-30 statt. Die höchsten Würdenträger der Provinz beehrten die Veranstaltung mit ihrer Anwesenheit: der Föderationssekretär Kamerad Arnaldo Caccialupi; S. E. der Präfekt Felice Matarazzo und der Polizeipräsident Commendatore Filiberto Mannarino, des weiteren der Bürgermeister von Vigàta, Ignazio Pulvirenti, und der Ortssekretär der Partei, Sebastiano Borino. Mit größter Freude vermelden wir auch die Anwesenheit von Monsignore Angelo Sorrentino, in Vertretung S. E. des Bischofs von Montelusa, und von Don Stefano Ficarra, designierter Religionslehrer an der Schule. Die beiden Geistlichen und das Kruzifix zwischen den Porträts S. M. des Königs und des Duce waren das sichtbare Zeichen für das neue Klima der Beziehungen zwischen Staat und Kirche, wie es durch die von S. E. Benito Mussolini mit aller Kraft angestrebten Lateranverträge sanktioniert worden ist. Nach dem Lied *Saluto al Duce* sprach der Föderationssekretär und überbrachte den persönlichen Gruß des Regierungschefs, der diese Schule mit gewohntem Weitblick als einen der Pfeiler für die Entwicklung der Bergbauindustrie im faschistischen Italien betrachtet. Der Rektor der Königlichen Schule wünschte in besonderer Weise die Anwesenheit des ersten ausländischen Schülers, eines Äthiopiers, des Prinzen Grhane Solassie Mbassa, Neffe des Negus Negesti Haile Sellassie, hervorzuheben, und forderte den jungen Mann auf, die Aula zu betreten. Groß war das Erstaunen der Anwesenden, als der Äthiopier in vollständiger faschistischer Uniform erschien. Ein unbändiger Applaus brach los und begleitete den jungen Mann bis zum Fuß der Ehrentribüne. Dort blieb er stehen, während die reizende Antonietta Prestifilippo, Tochter des bekannten Dichters Gaetano, vortrat und eine Willkommensode an den Prinzen vortrug, die von den Anwesenden mit großem Beifall aufgenommen wurde (wir drucken sie auf der folgenden Seite ab). Die Feierstunde endete mit dem Gesang der faschistischen Hymnen. (*G. I.*)

KÖNIGLICHE BERGBAUSCHULE
VON VIGÀTA

DER REKTOR

Protokoll Nr. 4570/A
Betreff: *Äthiopischer Schüler*

An S. E. den Präfekten
Commendatore Felice Matarazzo
Montelusa

Vigàta, 22. September 1929

Exzellenz!

Nach Durchführung einer schnellen, aber gründlichen Untersuchung bin ich in der Lage, die von Eurer Exzellenz an mich gerichtete dringende Anfrage bezüglich des Auftretens des äthiopischen Schülers Prinz Grhane Solassie Mbassa zu beantworten, der anlässlich der feierlichen Eröffnung des Schuljahres 1929/30 in unserer geliebten und verehrten faschistischen Uniform erschienen ist.

Es handelte sich dabei weder, wie der Kamerad Federale sogleich mutmaßte, um eine Geste gemeiner Verhöhnung unseres faschistischen Glaubens noch um die öffentliche Demonstration des Prinzen, besagten Glauben annehmen zu wollen, wie andere gedacht und mit tosendem Applaus begrüßt haben.

Vielmehr war es eine persönliche Initiative meinerseits, um einen ungünstigen Eindruck des ausländischen Schülers auf die Anwesenden zu vermeiden, der nicht der Sachlage entsprochen hätte.

Damit komme ich zu den Fakten.

Der äthiopische Schüler erschien am 19., will heißen am Vortag der Eröffnung, um 10 Uhr morgens in meiner Königlichen Schule und legte dem Schulsekretär die für die Aufnahme erforderlichen Unterlagen vor (die sich als absolut vorschriftsmäßig erwiesen).

Nach Erledigung der notwendigen Formalitäten wurde er vom Sekretär ins Rektorat begleitet, wo ich ihn erwartete.

Wie ich sogleich bemerkte, konnte der junge Mann, der gutaussehend und von stattlicher Erscheinung war, gleichwohl nicht als korrekt gekleidet bezeichnet werden, denn er trug ein schmuddeliges Hemd, abgetragene, am linken Knie völlig durchgescheuerte alte Hosen und eine schäbige, zerlumpte Jacke mit einem auffälligen Flicken auf dem rechten Ellbogen. Außerdem trug er keine Krawatte, und die Schuhe waren so zerschlissen, dass sie deutlich sichtbare Risse aufwiesen. Er bemerkte mein Befremden, und ohne dass ich Erklärungen für seine Bettlerkleidung von ihm verlangt hätte, erzählte er mir, dass ihm während der Fahrt nach Vigàta kurz nach der Abfahrt des Zuges vom Bahnhof Palermo einer der beiden Reisenden mittleren Alters, die mit ihm im Abteil saßen, heißen Kaffee aus einer Thermosflasche angeboten habe.

Er habe ihn angenommen und sei kurz darauf, von einer seltsamen Müdigkeit befallen, tief eingeschlafen.

Als er an der Station Caltanisetta-Xirbi aufwachte, sei er ganz allein im Abteil gewesen und habe festgestellt, dass seine beiden großen Koffer, die alle seine Sachen enthielten, aus dem Gepäcknetz, in dem er sie bei der Abfahrt verstaut hatte, verschwunden waren.

Und nicht nur das, auch die Kleidungsstücke, die er am Leib getragen hatte, seien ihm gestohlen und durch andere ersetzt worden, die er als die Sachen eines der beiden Reisegefährten erkannt habe.

Offenbar hätten die beiden Übeltäter ihn betäubt.

Er habe jedoch nicht rechtzeitig Anzeige bei der Bahnpolizei erstatten können, weil der Zug in dem Moment bereits weitergefahren sei.

Natürlich sei auch die Brieftasche verschwunden, die mit nicht weniger als achthundertdrei Lire in der Innentasche der Jacke steckte. Und als er sich vor seinem Erscheinen in der Schule zur Filiale des Banco di Sicilia begeben habe (wo er ein Konto auf seinen Namen hätte vorfinden sollen), sei er mit der unangenehmen Überraschung konfrontiert worden, dass die Filiale infolge eines kleinen Brandes am Abend zuvor geschlossen war.

Zu diesem Zeitpunkt gab es wegen der knappen noch verbleibenden Frist keine Möglichkeit, für den Prinzen einen neuen Anzug zu bestellen, damit er sich bei der Eröffnungsfeier in angemessener Kleidung hätte präsentieren können.

Was also tun, um einen Ausweg aus der schwierigen Situation zu finden?

Ich ließ in aller Eile zwei Schüler aus dem zweiten Jahrgang rufen, die in Größe und Statur dem Prinzen mehr oder weniger ähnelten, doch leider verfügten beide nur über einen einzigen für die Eröffnungsfeier geeigneten Anzug.

Da kam mir die Idee, von einem der beiden seine faschistische Uniform zu leihen. Der Prinz bedankte sich und versicherte mir, er habe keinerlei Probleme damit, sie anzuziehen, und erzählte, in seinem Land, und ich berichte dies nur der Kuriosität halber, gebe es ein bekanntes Sprichwort, das ungefähr so laute: «Der Wert eines Menschen bemisst sich nicht danach, wie und wann er bekleidet ist, sondern wie und wann er nackt ist.»

Exzellenz!

Ich ergreife die Gelegenheit beim Schopfe, Euch außerdem zur Kenntnis zu bringen, dass der Prinz heute morgen mit meiner Erlaubnis dem Unterricht ferngeblieben ist, um sich zur Filiale des Banco di Sicilia zu begeben.

Er hat mit dem Direktor gesprochen, und dieser sagte ihm, er sei nicht in der Lage, ihm als Vorschuss auf die dreitausend Lire, die ihm zustünden, mehr als dreihundert Lire monatlich zu geben, weil die Generaldirektion noch keinerlei Gutschrift vom Äthiopischen Hof erhalten habe.

Folglich muss der Prinz, abgesehen davon, dass er sich wie vorher in finanzieller Bedrängnis befindet, weiterhin in der Schule und draußen in der Stadt ständig die faschistische Uniform tragen.

Könnte man nicht die Bank ersuchen, einen etwas üppigeren Vorschuss zu gewähren?

Ich befürchte, er wird aus Not gezwungen sein, im Schulsekretariat um ein kleines Darlehen zu bitten, ein Darlehen, das ihm allenfalls im eigenen Namen gewährt werden könnte.

Ich verbleibe stets in Erwartung der Anweisungen Eurer Exzellenz!

Viva il Duce!

DER REKTOR DER KNGL. BERGBAUSCHULE
(Carmelo Porrino)

FASCHISTISCHE FÖDERATION
DER PROVINZ MONTELUSA

DER FÖDERATIONSSEKRETÄR

Glauben, gehorchen, kämpfen!

An Kamerad Filiberto Mannarino
Polizeipräsident von
Montelusa

Befehl Nr. 34521/FZ

Montelusa, 25. September 1929

Kamerad!

Mit höchster, maßloser Empörung habe ich den Brief des Rektors der Bergbauschule von Vigàta an S. E. den Präfekten gelesen, den dieser mir freundlicherweise zur Kenntnis gebracht hat und den ich Euch in Abschrift beilege.

Ich frage Euch:

Ist es hinnehmbar, dass sich im faschistischen Italien ein Vorfall ereignen kann, wie er dem äthiopischen Prinzen zugestoßen ist, als ihm im Zug auf der Strecke Palermo–Vigàta am hellichten Tage zwei Koffer und sogar die Kleidung, die er am Leib trug, gestohlen wurden?

Ich bin der Meinung, solche Dinge können nur im Land der Sowjettisten passieren, wo bekanntlich die Eltern aus Hunger und Elend gezwungen sind, sogar ihre eigenen neugeborenen Kinder zu fressen, aber gewiss nicht in einem Land wie dem unseren, das allerorten von dem sonnenhellen Licht der faschistischen Zivilisation erleuchtet ist!

Aus Gründen der territorialen Zuständigkeit hätte ich diesen Befehl an den Polizeipräsidenten von Caltanisetta schicken müssen, in dessen Umgebung der Diebstahl stattgefunden hat, doch leider wird der Polizeipräsident Filippo Giambruno wegen mangelnder faschistischer Gesinnung gerade strafversetzt und ist deshalb meines Erachtens nicht in der günstigsten Lage, sich dieser schändlichen und schwerwiegenden Sache anzunehmen.

Schändlich und schwerwiegend, denn nach meiner festen Überzeugung handelt es sich nicht um einen Fall von einfachem schlichtem Diebstahl, wie man uns glauben machen will.

Meines Erachtens haben wir es vielmehr mit einer niederträchtigen politischen Tat zu tun, die darauf abzielt, den guten Namen unseres Landes zu beschmutzen und vor den Augen eines einflussreichen Ausländers Sicherheit und Ordnung, wie sie dank der faschistischen Revolution nunmehr dauerhaft bei uns herrschen, in Misskredit zu bringen.

Mit anderen Worten, ich bin überzeugt, dass die beiden Individuen, die sich in dem Abteil des unglückseligen äthiopischen Prinzen befanden, zwei als Übeltäter verkleidete dreckige Kommunisten waren, die im Auftrag ihrer Partei gehandelt haben, einer Partei, die doch sehr jenen unreinen

Tieren gleicht, die selbst nachdem sie geköpft sind, noch weiter widerwärtig herumzappeln.

In ihren schändlichen Köpfen denken sie, wenn der Prinz den Angehörigen des Hofes das ihm widerfahrene Unglück mitteilt, wird allein dadurch ein falscher Bedenklichkeitszustand suggeriert, was die Sicherheit der italienischen Staatsbürger anbelangt.

Und das, ich wiederhole es, ist nicht hinnehmbar!

Handelt deshalb bitte umgehend, identifiziert die beiden angeblichen Diebe und sorgt dafür, dass das entwendete Hab und Gut, sobald es sichergestellt ist, sofort dem Prinzen zurückgegeben wird.

Faschistische Grüße

DER FÖDERATIONSSEKRETÄR
(Arnaldo Caccialupi)

An Signorina
Agatina Locascio
Via Francesco Crispi 12
Palermo

Vigàta, 25. September 1929

Meine liebe Agatina, liebste Freundin,

ich weiß, dass Du frühestens in einer Woche wieder nach Vigàta kommst, denn Dein Vater ist auf dem Weg der Besserung, aber ich halte es nicht aus und muss Dir schreiben, um Dir eine Riesenneuigkeit mitzuteilen.

Ich habe mich verliebt!

Wahnsinnig verliebt!

Endlich! wirst du sagen.

Endlich! sage auch ich. Es hat mich tatsächlich getroffen wie ein Blitz, genauso wie wir es in den Romanen, die uns so gefallen, immer wieder gelesen haben, wie ich es aber in der Wirklichkeit nicht für möglich gehalten hätte. Ich sage Dir sofort, wer mein Er ist: Ein Prinz! Ein echter Prinz!

Er ist Neger, aber in meinen Augen ist er ein echter Märchenprinz!

Er heißt Grhane Solassie Mbssa und ist der Neffe des Kaisers von Äthiopien.

Er ist neunzehn Jahre alt, sehr groß, hat einen geschmeidigen, schlanken Körper und herrliche blaue Augen, die einen wunderschönen Kontrast zur Farbe seiner Haut bilden.

Er hat sich an der hiesigen Bergbauschule eingeschrieben, und die Feier zur Eröffnung des Schuljahres war der Anlass, bei dem es zu unserer märchenhaften Begegnung kam.

Er erschien in der faschistischen Uniform (ich kann dir gar nicht beschreiben, wie sehr die Uniform die Pracht seines jungen Leopardenkörpers betont!), und ich habe ihm ein Willkommensgedicht vorgetragen, das mein Vater ihm gewidmet hatte und das von den Anwesenden mit großem Beifall aufgenommen wurde. Nach der Hälfte meines Vortrags trafen sich unsere Blicke, und während es mir wie ein elektrischer Schauer durch den Körper lief, sah ich deutlich, dass auch sein Körper leicht erbebte wie Schilfgras im Wind.

Ich weiß nicht, wie ich es geschafft habe, bis zu Ende zu sprechen.

Nach der Feier kam er auf mich zu und dankte mir (er spricht sehr gut Italienisch), und es passierte wieder das gleiche.

Nicht nur das, sondern er hat auch lange meine Hand gehalten und gedrückt.

In der Nacht habe ich kein Auge zugetan, weil ich ihn immer vor mir sah und nur daran dachte, wie ich es anstellen könnte, ihn wiederzusehen.

Ich hatte das Gefühl, wenn ich ihn nicht wiedersähe, würde es mir an Licht und Luft fehlen. Nun gut, Du wirst es nicht glauben: Am nächsten Tag stand er am Schulausgang vor mir und hatte auf mich gewartet!

Er sagte, er habe die Erlaubnis bekommen, zur Bank zu gehen, und nutze die Gelegenheit, mich wiederzusehen.

Er hatte sich von seinen Klassenkameraden alles über mich erzählen lassen.

Als wäre es das Natürlichste der Welt, fragte er, wann und wo wir uns wiedersehen könnten, und ich, als wäre es das Natürlichste der Welt, habe ihm geantwortet, dass ich am nächsten Tag um sechs mit dem Bus nach Montelusa fahren müsse, um meine Tante Carolina zu besuchen, der es nicht besonders gut gehe, und darauf erwiderte er, er wolle mitfahren nach Montelusa.

Im Bus setzte er sich neben mich, und wir unterhielten uns über sein Land. Er ist in Addis Abeba geboren, der Hauptstadt von Äthiopien. Ich war fünf Minuten bei meiner Tante, dann bin ich mit großem Herzklopfen in den Stadtpark gelaufen, wo er auf mich warten sollte.

Wir haben uns, halb hinter einer Hecke verborgen, auf eine Bank gesetzt.

Dann hat er sich vorgebeugt, um eine Feldblume zu pflükken, doch als er sie mir reichen wollte, bemerkte er zwischen den Blütenblättern eine kleine Ameise. Statt die Blume zu schütteln oder abzupusten, hat er seinen Finger neben sie gehalten und geduldig gewartet, bis die Ameise von der Blume auf den Finger gekrabbelt war, dann hat er sich wieder vorgebeugt und die kleine Ameise vorsichtig auf den Boden gesetzt.

An dieser Geste konnte ich klar und deutlich seine ganze Seelengröße und tiefe Herzensgüte erkennen!

Dann legte er mir einen Arm um die Taille und ich sollte meinen Kopf an seine Schulter lehnen.

So blieben wir sitzen, ohne zu reden, bis es Zeit war, den Bus zurück zu nehmen.

Es war wie ein Traum.

Als Papa beim Abendessen meine Unruhe bemerkte, ließ er mich Fieber messen. Siebenunddreißig fünf.

Morgen fahre ich wieder mit ihm nach Montelusa.

Aber wir fahren schon mit dem Fünfzehn-Uhr-Bus, damit wir mehr Zeit haben.

Ich hoffe, Dich bald zu sehen, damit ich Dir alles erzählen kann.

Bis dahin grüßt Dich aus dem siebenten Himmel Deine überglückliche Herzensfreundin

Ninetta

KÖNIGLICHES POLIZEIKOMMISSARIAT
VON VIGÀTA

Protokoll Nummer:
Betreff:

An Commendatore Filiberto Mannarino
Polizeipräsident von
Montelusa

Streng vertraulich

Vigàta, 1. Oktober 1929

Signor Questore,

aus Gründen, die Ihnen ohne weiteres begreiflich sein werden, wenn Sie dieses mein vertrauliches Schreiben gelesen haben, ist mir wirklich nicht danach, Ihnen einen offiziellen Bericht über das Ergebnis meiner Ermittlungen zukommen zu lassen, mit denen Sie mich auf Befehl des Federale Arnaldo Caccialupi beauftragt haben. Meinen beiden Männern, die ich zum Bahnhof von Vigàta geschickt hatte, um die Ankunft des Prinzen diskret zu überwachen, war bereits die Kleidung seltsam vorgekommen, die der Prinz trug und die eher zu einem echten Bettler gepasst hätte als zu einem Adligen, sei es auch ein Neger, wie es der Solassie Grhane ist.

Weil mir berichtet worden war, er sei aus dem Zug gestiegen mit nichts weiter als einem Kissenbezug in der Hand, der offenbar wenige persönliche Gegenstände enthielt, sagte ich mir nach Erhalt Ihres Briefes, streng logisch gesehen hätte der Prinz, wäre die Reise genauso vonstatten gegangen, wie er es erzählt hat, mit leeren Händen aus dem Zug steigen müssen.

Denn in der Tat fällt es ziemlich schwer, sich vorzustellen, dass er mit zwei luxuriösen Koffern und einem Kissenbezug aus Palermo abgereist ist.

Hätte er den spärlichen Inhalt des Kissenbezugs nicht auch noch bequem in die Koffer packen können?

Um bestätigt zu bekommen, was lediglich eine Vermutung war, begab ich mich persönlich in die Pension «Patria», wo der junge Äthiopier wohnt, und bat die Wirtin, den Kissenbezug sehen zu dürfen, den er bei seiner Ankunft bei sich hatte.

Die Besitzerin stieg in das Zimmer des Prinzen hinauf, der um diese Zeit zum Unterricht in der Bergbauschule war, und kam mit dem Bezug, den sie gewaschen und gebügelt hatte, wieder herunter.

Und wie ich vermutet hatte, trug der Bezug die eingestickten Initialen des Nationalen Konvikts «Vittorio Emanuele» in Palermo und war von dem Prinzen eindeutig aus besagtem Konvikt entwendet worden.

Daraufhin habe ich mich gefragt: Wenn der Prinz den Kissenbezug von seiner Abreise aus Palermo an bei sich hatte, wieso ist er ihm dann nicht zusammen mit allen anderen Sachen gestohlen worden?

Durch kurze Nachfrage bei der Staatlichen Eisenbahn habe ich den Namen des Schaffners erfahren, Cacopardo Aristide, der an dem Tag um die Zeit auf der Strecke Palermo–Vigàta Dienst hatte, und habe ihn aufs Kommissariat einbestellt.

Er erinnerte sich sehr gut an die Anwesenheit des jungen Mannes, der als ein unsere Sprache fließend sprechender Neger bei den Reisenden eine gewisse Aufmerksamkeit erregte.

Entsprechend befragt, sagte der Cacopardo aus, der junge Mann sei ihm und dem Zugführer, mit dem er sich auf dem Bahnsteig unterhalten hätte, sofort aufgefallen, als er in Palermo in den Waggon einstieg, und da er so schlecht gekleidet war, habe der Zugführer, Consolo Saverio, dem Schaffner empfohlen, das Gepäck der Reisenden im Auge zu behalten, denn der junge Mann sei ihm wenig vertrauenswürdig vorgekommen.

Während der Fahrkartenkontrolle hat der Cacopardo ihn in einem Abteil des Waggons zweiter Klasse wiedergesehen.

Zusammen mit dem jungen Mann, der außer einem gefüllten Kissenbezug kein Gepäck hatte, befanden sich drei weitere Personen in dem Abteil, die dem Schaffner gut bekannt waren: drei wohlhabende Viehhändler aus Montelusa, die jede Woche geschäftlich nach Palermo fahren.

Er nannte mir sogar die Namen: Bonura Santo Giuseppe, La Rosa Evangelista Marco und Onofri Minimo.

Klammer auf: Eine von mir durchgeführte Überprüfung des Strafregisters ergab einige belanglose Vorstrafen: für Bonura wegen Beleidigung, für La Rosa wegen einfacher Diffamierung und übler Nachrede und schließlich für Onofri wegen unrechtmäßiger Aneignung. Klammer zu.

Als der Cacopardo, nachdem er die Fahrkarten aller Reisenden kontrolliert hatte, zurückkam, stellte er fest, dass die drei Kaufleute und der junge Neger mit einem Kartenspiel begonnen hatten, einem Glücksspiel, das im Jargon *sfilapipi* heißt und bei dem man bei entsprechend hohem Einsatz in einer knappen Stunde beträchtliche Summen gewinnen oder verlieren kann.

Um es Ihnen zu veranschaulichen: In Vigàta ging letztes Jahr das Gerücht, der Gemeindearzt, Doktor Borselli Erasmo, habe bei ebendiesem *sfilapipi*-Spiel in knapp drei Stunden gut dreißigtausend Lire verloren!

Kurz und gut, der Cacopardo, der als glaubwürdige Person bekannt, wenn auch ein wenig verschrien ist (von der fixen Idee besessen, ein großer Schriftsteller zu sein, gibt er sein Gehalt für die Veröffentlichung von Romanen auf eigene Kosten aus), widersprach absolut der kühnen Version, die der Prinz dem Rektor der Bergbauschule geliefert hatte. Daraufhin hielt ich es für opportun, mich nach Palermo zu begeben, um mit dem Direktor des Nationalen Konvikts zu sprechen.

Der Direktor war nicht im Hause, aber was ich vom Verwaltungssekretär, Ragioniere Ferroni Giovanni, hörte, hat mir genügt.

Als der Prinz Grhane Solassie Mbssa 1927 im Konvikt ankam, war er wie ein armer zerlumpter Bettler gekleidet. Aber weil es den Konviktszöglingen zur Pflicht gemacht wird, stets die Konviktsuniform zu tragen, stellte sich nicht das Problem, ihn aufzufordern, sich schickliche Kleidung zu kaufen.

Bei dem Sekretär ging von seiten des Äthiopischen Hofes

die Summe von sechstausend Lire pro Halbjahr ein, was gleichbedeutend war mit tausend Lire im Monat, die er für den äthiopischen Konviktszögling bereitstellen sollte.

Als der junge Mann das Konvikt verließ, um nach Vigàta zu kommen, bekam er gegen Rückgabe der Schuluniform die Sachen zurück, die er bei seiner Ankunft getragen hatte.

Und außerdem händigte ihm der Sekretär Ferroni (er zeigte mir die ordnungsgemäße Quittung) in bar den Rest der halbjährlichen Gutschrift aus, der sich auf achthundertdrei Lire belief.

Das heißt, genau die gleiche Summe, die dem Äthiopier angeblich zusammen mit seiner Brieftasche gestohlen worden ist.

Ich bin daher der Meinung, dass die abgerissene Kleidung, die er bei seiner Ankunft in Vigàta trug, dieselbe war, mit der er damals in Palermo angekommen ist, und dass die achthundertdrei Lire ihm nicht gestohlen wurden, sondern dass er sie vielmehr beim *sfilapipi*-Spiel mit den drei Viehhändlern verloren hat.

Ich könnte weitere Bestätigungen durch Befragung der besagten Händler einholen, von denen ich Name und Adresse weiß, aber ich glaube, bei dem Stand der Dinge wäre das reine Zeit- und Geldverschwendung.

Was tun, Signor Questore?

Ihn anzeigen wegen Vorspiegelung eines Delikts?

Wünschen Sie, dass ich ihn einbestelle und ihn mit einem blauen Auge davonkommen lasse?

Oder tun wir, als wenn nichts wäre?

Ehrlich gesagt halte ich den jungen Mann nicht für einen Delinquenten. Ich denke, er ist schlicht ein verantwortungsloser Junge; vielleicht hat man ihm in Äthiopien, weil er der Neffe des Negus ist, alles durchgehen lassen und ihn schlecht erzogen.

Es gäbe allerdings eine Lösung, die ich Ihnen mit aller gebotenen Vorsicht unterbreite.

Ich könnte zwei hungerleidende Landstreicher verhaften lassen und sie des Diebstahls beschuldigen.

Auf diese Weise könnten Sie dem Federale die Verhaftung der geständigen Angeklagten melden. Er wird zwar enttäuscht sein, dass es sich nicht um ein kommunistisches Komplott gehandelt hat, sich aber auf jeden Fall damit zufriedengeben.

Sie könnten ihm außerdem sagen, die Koffer seien leider von den beiden für ein bisschen Kleingeld an einen Straßenhändler weiterverkauft worden. Und in ihren Taschen hätten sich nur drei der achthundertdrei Lire wiedergefunden, die in der ebenfalls verschwundenen Brieftasche enthalten waren.

Letztendlich wären wir mit der bescheidenen Ausgabe von drei Lire aus dem Schneider. Und auch die beiden Vagabunden hätten etwas davon, denn wenn sie eine gute Woche lang anständig gegessen und getrunken hätten, würde ich sie ohne Anklage wieder auf freien Fuß setzen.

Geben Sie mir auf alle Fälle Bescheid.

Ehrerbietige Grüße

DER POLIZEIKOMMISSAR VON VIGÀTA

(Giacomo Spera)

KÖNIGLICHES MINISTERIUM DES ÄUSSEREN

DER MINISTER

Prot. Nr. 234/714/B
Betreff: *Pr. Grhane Solassie*

An S. E. Felice Matarazzo
Präfekt von
Montelusa

Rom, 5. Oktober 1929

Exzellenz!

Mit großer Genugtuung hat das Regierungsoberhaupt, S. E. Benito Mussolini, durch einen Bericht des Föderationssekretärs von Montelusa erfahren, dass anlässlich der Schuljahreseröffnung der Königlichen Bergbauschule in Vigàta ein junger äthiopischer Schüler, der Prinz Grhane Solassie Mbssa, Neffe des Negus Haile Selassie, des Kaisers von Äthiopien, so freundlich war, wiewohl er nicht Mitglied der Nationalen Faschistischen Partei ist, der gastgebenden Nation durch Tragen der faschistischen Uniform liebenswürdig seine Ehrerbietung zu erweisen.

Diese Geste, die der Duce, wie bereits gesagt, sehr zu schätzen wusste, hat Ihn in seiner politischen Weitsicht und

Klugheit auf den Gedanken gebracht, sich das von dem jungen Prinzen bewiesene Feingefühl für einen noch wichtigeren konkreten Einsatz im Zusammenhang mit einer Frage von heikler internationaler Bedeutung zunutze zu machen.

Wie Eure Exzellenz wissen, musste es, nachdem Transjuba von seiten Großbritanniens an uns abgetreten worden war, zwangsläufig unser Bestreben sein, die alte italienische Schutzherrschaft über Obbia und Migiurtinia in direkte Herrschaft über Somalia zu verwandeln. Für die Erreichung dieses Ziels hat der Gouverneur, S. E. De Vecchi di Val Cismon, Quadrumvir der Revolution, mit den von ihm glänzend durchgeführten Kampfhandlungen Sorge getragen.

Noch nicht beigelegt ist indes der jahrelange Streit mit Äthiopien über die genaue Festlegung der Grenzen, was zu häufigen Scharmützeln und einer absolut misslichen Lage der jeweiligen Grenzbevölkerung führt.

S. E. das Regierungsoberhaupt denkt deshalb, der junge Mann könne als optimaler Mittelsmann zum Negus fungieren in dem Bestreben, zu einer friedlichen, einvernehmlichen und endgültigen Festlegung der vorgenannten Grenzen zu gelangen. Zu diesem Zweck bittet Er darum, den jungen Prinzen in jene Kreise einzuführen, die in der Stadt für ihre glühende faschistische Überzeugung bekannt sind, damit er *de visu* die positiven menschlichen Werte der faschistischen Revolution erkennen und gleichzeitig der unbezähmbaren Kampfkraft gewahr werden kann, die dem faschistischen Geist innewohnt.

Außerdem wünscht Er, dass im Rahmen des Möglichen allen Wünschen des Prinzen entsprochen werde, auf dass sich darin die angeborene Großherzigkeit der Gens Romana bestätige, von der abzustammen wir uns als Ehre anrechnen.

In der Überzeugung, dass Eure Exzellenz das Richtige zu tun wissen,

Heil dem Duce!

für den MINISTER
der Kabinettschef
Corrado Perciavalle

Il giornale dell'Isola

Direttore Angelo Bianco | Palermo, 9. Oktober 1929

Glänzende Polizeiaktion

Vigàta – Unter Leitung von Dottore Giacomo Spera wurde vom Polizeikommissariat in Vigàta eine glänzende Polizeiaktion durchgeführt. Als Kommissar Spera, wenn auch mit großer Verzögerung, davon Kenntnis erhielt, dass dem jungen äthiopischen Prinzen Grhane Solassie, über den zu berichten wir bereits Gelegenheit hatten, während einer Zugfahrt von Palermo nach Vigàta zwei schwere Koffer und die Brieftasche gestohlen worden waren, machte er sich unverzüglich ans Werk, um die Übeltäter aufzuspüren. Seine Ermittlungen waren von Erfolg gekrönt: In der Tat konnte er gestern die Verhaftung zweier verdächtiger Individuen vornehmen, Filippo Pitrotta, 60 Jahre, und Michele Cocco, 58 Jahre, die gestanden, den Diebstahl begangen zu haben. Leider war es nicht möglich, das Diebesgut sicherzustellen, und nur ein Teil der in der Brieftasche enthalten gewesenen Summe konnte dem rechtmäßigen Eigentümer zurückgegeben werden. (*B. V.*)

An den Herrn Polizeipräsidenten von Montelusa

Vigàta, 10. Oktober 1929

Ich bin Polizeiunteroffizier Testa Gerlando, im Dienst des Königlichen Kommissariats in Vigàta.

Ich möchte Ihnen das Missgeschick schildern das mir widerfahren ist weil ich gewissenhaft die Anweisungen von Commissario Spera befolgt habe welcher sich jetzt weigert seine Pflicht zu tun und mich, mit Verlaub, in der Scheiße sitzen lässt.

Ich komme zur Sache.

Am 18. September d. J. begab sich der Unterzeichnete weisungsgemäß mit dem Polizisten Pedullà Bartolomeo, der mein Zeuge ist, zur hiesigen Bahnstation um daselbst auf die Ankunft des Prinzen Grhane Solassie aus Palermo zu warten welcher auch kam aber kaum eingetroffen nicht in die Pension «Patria» ging wo er erwartet wurde sondern wie ein Rasender in das örtliche Bordell stürzte, das sich daselbst in der Via Risorgimento befindet und dessen Wirtin Vitello Filippa heißt, genannt Donna Jole.

An Ort und Stelle angelangt, verbrachte der Prinz drei Stunden mit drei verschiedenen Prostituierten für insgesamt sechs Marken zu jeweils einer halben Stunde, was zusammen 18 Lire ausmacht.

Als es an das Bezahlen des genannten Betrages ging, behauptete der Prinz, keine müde Lira zu besitzen, woraufhin der Unterzeichnete an dessen Statt bezahlte um Zoff zu vermeiden und sich von der Wirtin ordnungsgemäß eine Quittung ausstellen ließ welche lautete wie folgt:

Von Brigadiere Testa Gerlando 18 Lire erhalten für sechs Marken zu je einer halben Stunde. Unterschrift Donna Jole.

Ich komme zur Sache.

Doch als der Unterzeichnete dem Dottore Spera besagte Quittung vorlegte, um sie vorschriftsmäßig gegengezeichnet für die ihm zustehende Erstattung einzureichen, weigerte sich selbiger, machte sich sogar noch darüber lustig, und nicht nur das, sondern als ihn der Unterzeichnete drei Tage später nochmals aufsuchte um mit ihm über besagte Erstattung zu reden, lachte er mich aus und beleidigte mich, indem er meinen Namen verballhornte und mich Testa di cazzo, Schwachkopf, nannte.

Noch dazu hat meine Frau, Anselmo Rosa, vor drei Tagen als sie in meiner Jackentasche besagte Quittung entdeckte, vor meinen Kindern, Matteo 14 Jahre und Rosolina 13 Jahre, ein Gezeter angefangen wobei sie mich Hurenbock und Drecksack schimpfte so dass ich das Gesicht verlor, denn das Geschrei das sie veranstaltete hörten sogar die Nachbarn.

Vergebens versuchte der Unterzeichnete die Sache zu erklären, nämlich dass nicht er drei Stunden im Bordell gebumst hat, aber bei jedem Wort das ich sagte geriet sie noch mehr in Rage bis sie mich schließlich rausgeschmissen hat so dass der Unterzeichnete derzeit gezwungen ist im Kommissariat zu schlafen.

Deshalb wende ich mich an Sie mit der Bitte, mir die Aus-

lage erstatten zu wollen, damit ich den betreffenden Erstattungsbeleg meiner Frau zeigen und klarstellen kann, dass und auf welche Weise der Unterzeichnete aus dienstlichen Gründen gehandelt hat.

Hochachtungsvoll

BRIGADIERE
Testa Gerlando

An Signorina
Agatina Locascio
Via Francesco Crispi 12
Palermo

Vigàta, 10. Oktober 1929

Agatina, liebste Freundin,

weil Du leider immer noch in Palermo bleiben musst, schreibe ich Dir kurz die letzten Neuigkeiten.

Mit meinem Liebsten treffe ich mich regelmäßig mindestens zweimal die Woche, denn zu unserem Glück hat sich der Gesundheitszustand von Tante Carolina sehr verschlechtert und Papa ist beruhigt, wenn ich hinfahre und sie besuche.

Ich weiß, Du wirst Dich wundern über das, was ich gerade geschrieben habe, und es sehr egoistisch finden, aber wie man so sagt, mors tua vita mea.

Denn Grhane ist mein Leben.

Und ich fühle, dass es für ihn genauso ist.

Wir können jetzt nicht mehr ohne einander sein, wir müssen uns ständig umarmen und küssen.

Und auch die Küsse genügen uns nicht mehr!

Wir fühlen, dass wir uns ganz gehören müssen.

Aber wie soll das gehen?

Mein Liebster denkt an eine Lösung, die mir zuerst völlig verrückt erschien.

Aber nach einigem Überlegen bin ich jetzt sicher, dass es so gehen könnte.

Wir müssen uns nur noch einen kurzen Monat gedulden, dann können wir in vollkommener Glückseligkeit leben!

Ich hoffe, Dich bald wiederzusehen.

Es küsst Dich Deine

Ninetta

MINISTERIUM DES INNEREN

GENERALDIREKTION DER POLIZEI

Dienstanweisung 332/789/D/HF

Sehr dringend

Mit sofortiger Wirkung wird der im Dienst des Königlichen Polizeikommissariats in Vigàta (Montelusa) stehende Polizeiunteroffizier TESTA Gerlando in das Polizeikommissariat von Pizzoni (Vibo Valentia-Calabria) versetzt.

für den GENERALDIREKTOR
der VIZEGENERALDIREKTOR
Michele Fortis

GESPRÄCHSAUSSCHNITTE 2

VIGÀTA – KÖNIGLICHE BERGBAUSCHULE
29/10/1929, 12 Uhr

– Darf ich stören, Direttore?
– Herein, herein, Doktor. Also, was berichten Sie mir? Ich sitze wie auf Kohlen!
– Nun gut, ich habe ihn untersucht und …
– Wie fanden Sie ihn? Heilige Maria, was für Sorgen habe ich mir gemacht! Als er in der Bank stand und die Fragen des Professore Agrò beantworten sollte, hat man gesehen, wie er erst vor und zurück geschwankt ist und dann zusammensackte! Ohnmächtig! Ohnmächtig, ein Junge von seiner Statur! O weh, o weh! Wie fanden Sie ihn denn?
– So, auf den ersten Blick … weiß ich nicht, was ich sagen soll. Ist ihm das sonst schon mal passiert?
– In der Schule noch nie!
– Und gab es irgendwelche Anzeichen, dass es ihm nicht gutging?
– Nicht gutging, nein. Allerdings hatte Professore Manzella mir vor zwei Tagen gesagt, der Prinz sei seit einer Woche teilnahmslos und häufig wie abwesend.
– Verraten Sie mir etwas.
– Bitte.
– Ist der Prinz schon in der Mine gewesen?

– Selbstverständlich. Das ist das erste, was wir mit den Schülern des ersten Jahrgangs machen. Es ist gewissermaßen eine Prüfung. Seit ich Rektor bin, habe ich schon zwei oder dreimal erlebt, dass Schüler aufgegeben haben. Wenn sie eine Stunde unten waren, wurde ihnen übel, sie bekamen keine Luft mehr …
– Klaustrophobie. Und der Prinz, wie hat der reagiert?
– Sehr gut. Keinerlei Anzeichen von …
– Wir können also ausschließen, dass es sich um eine Reaktion auf die Einfahrt in die Grube handelt?
– Eindeutig. Aber was kann es dann gewesen sein?
– Die nächstliegende Ursache für die Ohnmacht ist klar.
– Nämlich?
– Er hat seit drei Tagen kein Essen angerührt.
– Tatsächlich?!
– Das hat er mir selbst gesagt, der Prinz.
– Heilige Muttergottes! Und weswegen isst er nicht? Womöglich schmeckt ihm das Mensaessen nicht?
– Nein, er hat keine Lust. Er leidet unter Appetitlosigkeit. Deshalb müsste man herausfinden, wo diese Appetitlosigkeit herrührt.
– Und wie kann man das herausfinden?
– Wollen Sie meinen Rat hören?
– Selbstverständlich, Doktor.
– Bei der Wichtigkeit des Jungen wäre es am besten, ihn sofort ins Krankenhaus zu bringen, denn dort kann sich eine Leuchte wie der Professor Galatina um ihn kümmern.
– Einverstanden. Aber wegen des Für und Wider wende ich mich sofort an den Federale.
– Da tun Sie gut dran.

MONTELUSA – SANKT-ANNA-KRANKENHAUS
30/10/1929, 11 Uhr

– *Pronto? Pronto?* Hier Federale Caccialupi. Spreche ich mit dem Direktor des Sankt-Anna-Krankenhauses?
– *Signorsì.* Zu Befehl, Federale!
– Kamerad, ich weiß, dass heute morgen der Prinz Grhane Solassie bei Euch eingeliefert worden ist. Wie habt Ihr ihn untergebracht?
– Im Schlafsaal, Kamerad.
– Im Schlafsaal?! Ich befehle, dass er sofort in ein Einzelzimmer verlegt wird!
– Einzelzimmer sind im Moment keine frei.
– Ach nein? Dann macht welche frei! Schmeißt einen raus und steckt ihn da rein! Verstanden? Das ist ein Befehl!
– *Signorsì,* Federale!
– Habt Ihr im Krankenhaus üppige Schwestern?
– Entschuldigung, ich habe nicht verstanden.
– Ach was, Ihr habt sehr wohl verstanden! Schöne Beine, schöne Ärsche, schöne …
– Ach, in dem Sinn? Na ja, zwei gäbe es.
– Gut, um den Prinzen sollen sich immer die beiden kümmern.
– Ich werde sehen, was sich machen lässt und …

– Ihr sollt nicht sehen, Ihr sollt nur gehorchen!
– *Signorsì.*
– Jeden Morgen einen frischen Blumenstrauß.
– *Signorsì.*
– Die Bettwäsche jeden Tag wechseln.
– *Signorsì.*
– Bringt ihm alles, was er will, Zeitungen, Zeitschriften, Zigaretten …
– *Signorsì.*
– Erkundigt Euch, ob er nach dem Aufwachen einen Kaffee zu trinken pflegt, wenn ja, soll ihm jeden Morgen eine der Schwestern einen bringen.
– *Signorsì.*
– Und ich wünsche, dass sich immer Professor Galatina persönlich um ihn kümmert, denn wie ich gehört habe, ist er ein Experte für Tropenkrankheiten.
– Aber der Junge hat doch nichts! Er leidet an Appetitmangel. Und Appetitmangel ist nicht gerade eine Tropenkrankheit.
– Wollt Ihr Euch mit mir streiten? Ist der Prinz etwa kein Äthiopier?
– *Signorsì.*
– Und ist Äthiopien etwa kein tropisches Land?
– *Signorsì.*
– Na also, dann handelt es sich zweifellos um eine Tropenkrankheit! Verstanden? Ich will Galatina!
– Gut.
– Und sagt Galatina, er soll sofort zu mir ins Parteibüro kommen, sobald er sich ein Bild gemacht hat.
– Ich werde es ihm sagen.

– Ach, noch ein Letztes. Besuche sind verboten.
– Für wen?
– Wie, für wen? Ich will nicht, dass der Prinz Besuch empfängt, solange er sich im Krankenhaus befindet. Ist das klar?
– *Signorsì.*
– Nur einer hat die Erlaubnis, ihn zu besuchen. Merkt Euch den Namen: Argento Antonio, das ist sein Zimmergenosse in der Pension, wo der Prinz wohnt.

MONTELUSA – SANKT-ANNA-KRANKENHAUS
1/11/1929, 9 Uhr

– Heilige Maria, was für eine Schande! Heilige Maria, was für eine Schande, Signor Direttore! Das ist mein Tod! Ich bin erledigt! Entehrt!
– Nicht doch, nicht doch! Beruhigt Euch, Schwester Spanò! Was war denn das für ein Durcheinander? Was ist passiert? Warum ist der Kaplan in Ohnmacht gefallen und weshalb seid Ihr so außer Euch?
– Signor Direttore, der Leibhaftige ist das, dieser Neger! Aus der Tiefe der Hölle ist der aufgefahren!
– Der Prinz?
– *Sissignori!* Der!
– Wollt Ihr mir nicht alles in Ruhe erzählen?
– Kann ich ein Schlückchen Wasser haben?
– Aber sicher. Hier bitte. Fühlen Sie sich jetzt besser? Nun also!
– Heut morgen um acht komm ich in das Zimmer vom Prinzen und der steht da, nur mit Schlüpfer an. Ich hab ihm gesagt, wenn er aufbleiben will, muss er sich anziehn, und er antwortet, dass er sich anzieht, wenn ich ihm den Kaffee bring. Ich bin den Kaffee machen gegangen und als ich zurückkomm, ist er immer noch in Unterhose. Da hab ich die

Zimmertür zugemacht, damit ihn keiner so sieht, wenn draußen einer vorbeigeht, und während er den Kaffee getrunken hat, hab ich angefangen, die Laken zu wechseln. Plötzlich auf einmal als ich über das Bett gebeugt bin, merk ich, er ist hinter mir. Grad, dass ich mich noch hab umdrehn können. Splitternackt ist er gewesen, Signor Direttore! Und so ein Kaliber hat er gehabt! Riesig!

– Ein Messer? Eine Pistole?

– Signor Direttore, ich schäm mich so! Ihr wisst schon, was ich meine!

– Ach so, ich verstehe. Und dann?

– Und eh ich's mich versah, hab ich auf dem Bauch gelegen und er hat mir den Schlüpfer runtergezogen! Maria, was für eine Schande!

– So kräftig ist er noch? Nach fünf Tagen Appetitlosigkeit?

– Wenn dem beim Essen der Appetit fehlt, anderswo hat er dafür um so mehr.

– Warum habt Ihr denn nicht geschrien?

– Konnt ich nicht! Den Mund hat er mir zugehalten, mit der Hand! Ich hab ihn gebissen, sogar geblutet hat's, aber er war wie ein Wilder und hat einfach nicht losgelassen!

– Und weiter?

– Wie er grad angefangen gehabt hat, ist die Tür aufgegangen und hereingeschneit kam Pater Pirrotta, der Kaplan.

– Und was hat er gemacht?

– Bei dem Anblick hat er die Augen zugemacht, hat die Besinnung verloren und ist umgekippt wie ein Stein.

– Und er?

– Er? Der hat weitergemacht. Tsum tsum tsum …

– Kurz und gut, er hat sein Ziel erreicht.

– Nicht doch, sein Ziel, wie Euer Gnaden sagen, hat er nicht erreicht, weil dann ist der Doktor Panseca reingekommen und hat ihm eins mit dem Kaffeetablett übergezogen!
– Gott sei Dank! Ich bitte Euch dringend, Schwester Spanò, erzählt niemandem, was passiert ist.
– Aber meiner Kollegin Margarita, die mit mir zusammen dem Prinzen zugewiesen ist, der hab ich's schon erzählt.
– Und was hat sie gesagt?
– Dass sie Krankenschwester ist und keine Nutte.
– Recht hat sie. Von jetzt an werden sich zwei Krankenpfleger um den Prinzen kümmern. Was Euch angeht, Schwester …
– Was mich angeht, tausend Lire.
– Ich verstehe nicht.
– Signor Direttore, ich bin eine anständige Frau! Eine mustergültige Ehefrau! Wenn mein Mann davon erfährt, so eifersüchtig, wie der ist, dann gibt's Ärger. Tausend Lire sind das Minimum für das, was mir angetan wurde!
– Gut, ich werde sehen, was ich tun kann.

MONTELUSA – SANKT-ANNA-KRANKENHAUS

1/11/1929, 9.20 Uhr

– Prinz, tut der Kopf weh? Nein? Und die Hand? Nein? Ich bin wieder da und will das Bett richten, es war ja noch nicht fertig. Was man angefangen hat, soll man auch zu Ende bringen. Machen wir was Schnelles, ohne viel Umstände. Ich schließ die Tür ab und Euer Gnaden steigen inzwischen aus dem Bett. Ja, bravo, ja, gut so!

MONTELUSA – CASA DEL FASCIO
3/11/1929, 18 Uhr

– Kamerad Professor Galatina, was gibt's Neues von dem illustren Patienten?
– Federale, was die Gesundheit angeht, da scheißt der auf Euch und auf mich.
– Meint Ihr das im Ernst? Ihr macht wohl Witze?
– Federale, glaubt Ihr, dass ich Lust habe, hier mit Euch Scheißwitze zu machen, nachdem ich mir den ganzen Tag lang im Krankenhaus den Arsch aufgerissen hab?
– Kamerad Galatina, seid Ihr verrückt geworden? Was erlaubt Ihr Euch, mir gegenüber so eine Ausdrucksweise zu gebrauchen!
– Ich rede so, seitdem ich auf der Welt bin. Als erstes Wort hab ich nicht Mama gesagt, wie alle Bälger auf der Welt, sondern Kacke. Wenn es Euch nicht passt, wie ich rede, dann geh ich wieder und schreib Euch einen Brief. Vorausgesetzt, Ihr könnt lesen.
– Galatina, Herrgottnochmal! Ich kann Euch in die Verbannung schicken!
– Und einen Tag später kommt Ihr gleich nach und leistet mir Gesellschaft, da könnt Ihr ganz beruhigt sein.
– Ach ja? Wollt Ihr mich provozieren?

– Einen Dreck will ich. Ich schreibe nur Varbuzza, was zwischen Euch und mir abgelaufen ist.
– Wer ist denn Varbuzza?
– Ich nenn ihn so. Varbuzza, das ist S. E. Balbo, ein Quadrumvir der Revolution.
– Den kennt Ihr?
– Wir sind wie Arsch und Eimer. Manchmal, wenn ich in seiner Gegend bin, gehen wir uns zusammen amüsieren.
– Schon gut, schon gut. Was für ein schöner Tag heute! Ein Himmel zum …
– Kommen wir auf das Thema zurück?
– Ja, tun wir das.
– Also, wie schon gesagt, dem Prinzen fehlt nichts, er ist nicht krank, ja, um die Wahrheit zu sagen, es geht ihm sogar ausgezeichnet.
– Warum isst er dann nicht?
– Das hat nichts mit dem Körper zu tun, sondern mit dem Kopf oder dem Herzen, ich hab nie so richtig kapiert, wo verflucht nochmal die Gefühle entstehen.
– Mir wurde immer gesagt, im Herzen.
– Quatsch. Ich zum Beispiel empfinde zärtliche Gefühle für eine Frau erst, nachdem ich sie …
– Hab schon verstanden.
– Also, was heißt das? Es heißt, der Ort, an dem meine Gefühle entstehen, ist die …
– Schon verstanden, Professor, schon verstanden. Also, unser Prinz?
– Ich hab ihn nicht nur untersucht, sondern mich auch lange mit ihm unterhalten und glaube zu verstehen, worunter er leidet.

– Was hat er?
– Einen Anfall von Trübsinn.
– Wieso denn das? Ein junger Mann, der doch angeblich so sportlich, so athletisch ist …
– Ich hab's Euch doch gerade erklärt, der Körper hat damit nichts zu tun! Soll ich Euch was erzählen? Im Krankenhaus hat er eine Krankenschwester zu bumsen versucht. Sie hat, nebenbei bemerkt, ein Paar …
– Hat es einen Skandal gegeben?
– Nein! Der Direktor hat es gut hingekriegt.
– Also, was ist der Grund für diesen Trübsinn?
– Dass er so weit weg ist.
– Verstehe. Heimweh nach seinem Land?
– Warum sollte er denn nach seinem Scheißland Heimweh haben? Waren Sie schon mal in Addis Abeba? Ich ja, ich habe einen Abstecher dorthin gemacht, als ich in Somalia war. Vier dreckige Hütten, drei Läden in der Hauptstraße, keine Bar, kein Theater, kein Kino, und Weiber, da waren selbst die Ziegen noch besser … Die Somalierinnen dagegen! Wunderschön, schlank, endlos lange Beine … Von denen träume ich nachts immer noch! Da war eine, Harima hieß sie, die hatte eine ganz spezielle Technik, wenn …
– Entschuldigung, Professor. Wollen wir auf den Prinzen zurückkommen? Ihr habt gesagt, sein Trübsinn rührt daher, dass er so weit weg ist. Aber weit weg wovon?
– Von der Familie. Er hängt offenbar sehr an seiner Familie, am Vater, an der Mutter. Er hat auch eine kleine Schwester von siebzehn Jahren, die ihm sehr fehlt. Er sagte mir sogar, während der Schuljahrseröffnungsfeier habe er mit den Tränen kämpfen müssen.

– Warum?
– Das habe ich nicht richtig verstanden. Er hat mir erzählt, dass bei dieser Veranstaltung ein Mädchen ein Willkommensgedicht vorgetragen hat, zumindest habe ich es so verstanden.
– Ja, ich war da. Aber warum kamen ihm die Tränen?
– Weil der Vater dieses Mädchens, der auch der Verfasser des Gedichts war …
– Ja. Erzählt weiter.
– Nun ja, anscheinend hat dieser Herr große Ähnlichkeit mit seinem Vater.
– Aber sein Vater ist doch ein Neger!
– Na und? In Somalia habe ich mal eine alte Frau gesehen, die sah aus wie ein Abziehbild meiner Großmutter!
– Kurz und gut, Professor, was können wir für ihn tun?
– Ich hätte eine Idee.
– Und die wäre?
– Der Junge hält das Alleinsein nicht mehr aus. Seit drei Jahren ist er von Zuhause fort. Meiner Ansicht nach würde es ihm sofort bessergehen, wenn er eine Familie fände, die ihn aufnimmt, nicht wie einen Pensionsgast, sondern wie einen, der dazugehört, und die ihm ein bisschen Wärme und Zuneigung schenkt … Mit einem Wort, die sich um ihn kümmert wie um einen Sohn. Dann wird diesem Neger der Appetit wieder kommen und er geht uns nicht länger auf den Sack. Hab ich mich deutlich genug ausgedrückt?
– Absolut, Professor.

MONTELUSA – CASA DEL FASCIO

5/11/1929, 16 Uhr

– Jungfaschist Argento Antonio zum Rapport, Federale!
– Rühren! Argento, was habt Ihr zu melden?
– Was soll ich sagen, Federale? Es ist schwierig.
– Will er nicht schreiben?
– Nicht, dass er nicht will, aber es dauert.
– Argento, die Zeit drängt. Erst heute morgen kam eine Nachfrage vom Ministerium. Man schreibt mir, der Duce ist ungeduldig und macht Druck. Was tun wir, Argento, lassen wir ihn Druck machen?
– Vielleicht sollte ich Grhane Druck machen, Federale.
– Und ich mache Euch Druck. Hier macht jeder jedem Druck, und weiter bringt es uns einen feuchten Dreck. Ich bin enttäuscht von Euch, Argento, sehr enttäuscht!
– Federale, soll ich die Balkontür öffnen, «Viva il Duce» schreien und mich runterstürzen? Ich bin dazu bereit. Was soll ich denn machen, wenn dieses Arschloch sich nicht aufrafft, den Brief zu schreiben? Ich erinnere ihn jeden Tag daran, aber er …
– Warum redet Ihr von einem Brief, Argento? Ein Brief ist nicht nötig. Dem Duce würde ein kurzer Schrieb genügen, in dem ungefähr stände «Lieber Onkel Negus, in Italien

geht es mir sehr gut, Schulen, Krankenhäuser, alles funktioniert perfekt, die Italiener sind wunderbare Menschen, reich und großzügig, immer bereit, etwas zu geben, ohne eine Gegenleistung dafür zu verlangen, und sie sind uns Äthiopiern sehr wohlgesinnt.» So etwas in der Art. Ihr sollt ihn ja nicht dazu bringen, die *Göttliche Komödie* zu schreiben!

– Ich weiß, Federale, aber er …

– Argento, Ihr habt von der Partei einen sehr heiklen Auftrag bekommen, und als einziger Freund, den der Prinz hier hat, hättet Ihr den mit größter Leichtigkeit ausführen können. Deshalb frage ich Euch und befehle Euch mit römisch faschistischer Offenheit zu antworten: Wo hat der Prinz seinen schwachen Punkt?

– Zwei.

– Was heißt zwei?

– Schwachpunkte. Er hat zwei. Oder besser, erst waren es zwei, jetzt sind es drei.

– Und zwar?

– Punkt eins sind die Frauen.

– Verschafft ihm welche!

– Dazu braucht er mich nicht, Federale. Er ist längst Stammkunde, und das fast täglich, im Puff von Donna Jole.

– Geht Ihr mit?

– Nicht immer, Federale.

– Schlecht, Argento, sehr schlecht! Ein Faschist soll und darf niemandem an Manneskraft unterlegen sein! Und schon gar nicht einem Neger! Ich befehle Euch, jeden Tag in den Puff zu gehen, Argento!

– *Signorsì.*

– Rühren! Und was ist der zweite Schwachpunkt?

– Das Geld, Federale.
– Das heißt?
– Er kommt nie damit aus.
– Wieviel gibt ihm denn der Banco di Sicilia?
– Tausend Lire im Monat.
– Und wofür gibt er die aus?
– Er kauft sich Schuhe, Anzüge, Mäntel, Hemden … Teure Sachen, Federale. Er reitet und hat sich einen eigenen Sattel gekauft und passende Kleidung dazu. Jetzt hat er sich in den Kopf gesetzt zu fechten. Außerdem ist er dem Spiel verfallen. Er spielt und verliert. Verliert immer.
– Hat er sich Geld von Euch geliehen?
– Von mir, von allen. Er hat Schulden bei den Klassenkameraden, bei der Pensionswirtin, bei zwei Lehrern, bei …
– O nein! Das muss ein Ende haben! Wieviel kriegt er auf diese Weise zusammengekratzt?
– Mindestens sechs-, siebenhundert Lire im Monat.
– Argento, wenn Ihr ihm diese Summe leihen könntet, Ihr allein, bräuchte er dann die anderen nicht zu bitten?
– Nein, ich denke nicht.
– Gut. Also, von heute an gebt Ihr ihm das Geld.
– Ich? Ich hab nicht so viel, Federale.
– Wir geben es Euch. Wenn Ihr geht, dann sagt dem Sekretär, er soll zu mir kommen. Ich vertraue auf Eure faschistische Ehrlichkeit, Argento. Sorgt dafür, dass er alle seine Schulden bezahlt.
– Wird gemacht, Federale.
– Und was ist der dritte Punkt?
– Den habe ich erst vor wenigen Tagen entdeckt. Er hat große Sehnsucht nach seiner Familie. Als wir einen Tag be-

vor er ins Krankenhaus kam zusammen zur Schule gingen, fing er auf einmal vor allen Leuten an zu heulen.

– Und warum?

– Wir hatten gerade Gaetano Prestifilippo getroffen, den Dichter. Er sagt, der sei genau wie sein Vater.

– Die Geschichte kenn ich schon. Ihr könnt gehen, Argento. Und denkt daran, spätestens in einer Woche muss dieser Schrieb an den Negus abgehen. Heil dem Duce!

– Heil!

MONTELUSA – CASA DEL FASCIO

8/11/1929, 11.30 Uhr

– Kamerad Pulvirenti, habt Ihr meine Befehle ausgeführt?
– In Blitzesschnelle, Federale! Ich habe den Prestifilippo Gaetano zu mir bestellt und …
– Was macht er?
– Wer?
– Aufwachen, Pulvirenti! Ein echter Faschist ist stets flink und auf dem Sprung! Wo arbeitet dieser Prestifilippo?
– Er ist mein Angestellter, weil er als Hilfskraft im Einwohnermeldeamt Angestellter der Gemeinde ist. Und deshalb, weil ich der Bürgermeister bin …
– Gut, verstehe. Und was hat er gesagt?
– Nun ja, grundsätzlich äußerte er einige Bedenken.
– In bezug worauf?
– In bezug auf die Dichtung.
– Die Dichtung? Was hat denn die Dichtung damit zu tun? Erklärt mir das, Herrgottnochmal!
– Nun ja, er sagte, die Anwesenheit eines Fremden im Haus könnte ihn vom Gedichteschreiben ablenken.
– Seine Gedichte sind mir wurscht! Was sind seine Gedichte gegen das Wohl der Nation? Den werde ich auf Vordermann bringen!

– Ja, aber das ist es nicht allein.
– Was denn noch?
– Seine Tochter Antonietta, sie ist siebzehn.
– Ja und?
– Er meinte, die Leute würden anfangen zu reden, weil der Prinz ein junger Mann von neunzehn Jahren ist … Unter ein und demselben Dach …
– Habt Ihr ihn beruhigt, was die absolute Korrektheit des Prinzen angeht?
– Selbstverständlich. Aber er …
– Hat sich geweigert?
– *Signorsì.*
– Ist es Euch am Ende gelungen, ihn zu überzeugen?
– *Signorsì.*
– Wie habt Ihr das geschafft?
– Ich habe ihm gesagt, im Falle einer abschlägigen Antwort würde ich es Euch melden und Ihr würdet ihm den Parteiausweis abnehmen und er würde seine Stelle verlieren.
– Pulvirenti, Ihr seid ein unübertrefflicher Schafskopf!
– Warum denn?
– Weil Ihr uns damit in ein schlechtes Licht rückt, Ihr stellt uns als Gewaltmenschen hin!
– Aber Sie …
– Ihr.
– Aber Ihr hättet ihm doch den Ausweis abgenommen, oder?
– Ja, natürlich. Aber man kann die Dinge so oder so darstellen. Gut, jetzt ist es passiert. Also gebe ich dem Prinzen Bescheid, dass er zu Prestifilippo umziehen kann?
– *Signorsì.*
– Habt Ihr über die Miete gesprochen?

– Welche Miete?
– Wieso welche Miete? Die, die ihm für die Gastfreundschaft gezahlt werden muss, die er dem Prinzen gewährt.
– Federale, ich habe ihn doch überredet, dass er ihn umsonst aufnimmt!
– Oh nein! Völlig daneben, Pulvirenti! Prestifilippo muss die gleiche Miete gezahlt werden, wie sie der Pension gezahlt wurde!
– Aber Federale, ich wollte ja nur der Gemeinde die Kosten ersparen. Denn Ihr wisst ja, erstattet wird uns das Geld, wenn wir Glück haben, erst in drei Jahren! Und bis dahin strecke ich es persönlich vor, weil die Gemeinde keine einzige Lira hat.
– Ach so? Die Gemeinde hat keine einzige Lira? Ich weiß, warum die Gemeinde keine einzige Lira hat! Bringt mich nicht zum Reden, Pulvirenti! Der Präfekt hat mir gewisse Dinge über Euch erzählt, die …
– Lauter Verleumdungen, Federale! Man will mich fertigmachen! Ruinieren!
– Der Präfekt ist ein perfekter Faschist und ein perfekter faschistischer Präfekt verbreitet keine Verleumdungen! Er sagt immer die Wahrheit! Nach alter römischer Art! Nehmt Euch in acht, Pulvirenti!
– Entschuldigung, zu Befehl.
– Ich befehle, dass die monatliche Miete, die an Prestifilippo zu zahlen ist, fünfhundert Lire beträgt!
– Federale, Ihr wollt mich ruinieren! Ihr wollt mich auf die Straße werfen! Sagen wir vierhundert?
– Meinetwegen vierhundert. Aber nicht eine Lira weniger. Heil dem Duce!
– Heil!

KÖNIGLICHE BERGBAUSCHULE
9/11/1929, 13 Uhr

– Darf ich stören, Direttore?
– Herein, lieber Lanzillotta. Wie ist der Unterricht heute gelaufen?
– Alles in allem gut.
– Was heißt alles in allem?
– Der Unterricht an sich lief gut, aber da ist etwas … Heute morgen war der Schüler Solassie wieder da.
– Aha? Wie geht's dem Jungen?
– Dem Anschein nach gut. Ich habe gesehen, dass er in der Pause ein Käse-Brötchen gegessen hat.
– Also ist ihm die Appetitlosigkeit vergangen.
– Offenbar.
– Was wolltet Ihr mir sagen?
– Also, der Tisch, an dem Solassie sitzt, ist der zweite links, und neben ihm saß immer Attardi Salvatore.
– Ja, das weiß ich. Ich bin ja oft genug in der Klasse gewesen!
– Ich sage es nur zur Erinnerung. Gut, Solassie kam, als alle seine Kameraden schon da waren und ich gerade anfangen wollte. Als Attardi ihn hereinkommen sah, ist er aufgestanden, und auf seinen Platz hat sich mit Büchern und Heften

der Schüler Müller gesetzt. Attardi dagegen setzte sich dahin, wo vorher Müller gesessen hatte.
– Offensichtlich wollten sie die Plätze tauschen. Das kommt vor. Was ist daran so Besonderes?
– Signor Direttore, zwei Tage nach Schulbeginn habt Ihr uns Lehrer aus dem ersten Jahrgang zusammengerufen, um uns zu sagen, dass Ihr am nächsten Tag den Schüler Arzigò wegen schweren Verstoßes gegen die Disziplin der Schule verweisen würdet und dass wir deshalb auf die Reaktionen von Rainer Müller achtgeben sollten.
– Ich erinnere mich durchaus. Und?
– Doch als Arzigò der Schule verwiesen wurde, hat Müller nicht mit der Wimper gezuckt.
– Um so besser.
– Einerseits war das besser, andererseits nicht.
– Ich weiß nicht, worauf Ihr abzielt.
– Ich will es Euch erklären. Müller hat nicht reagiert, weil er schon in Solassie verschossen war.
– Herrgott im Himmel, was sagt Ihr da?
– So ist es, Direttore. Und dass Müller heute den Platz wechselte, um näher bei Solassie zu sitzen, ist der Beweis.
– Heilige Muttergottes! Was für eine Plage, dieser Deutsche!
– Ich sag Ihnen noch was. Die ganze Stunde über habe ich Müller im Auge behalten. Ich habe beobachtet, dass sein linker Schenkel unter dem Tisch den rechten von Solassie berührte und ab und an lag seine Hand auf der von Solassie.
– Und Solassie, wie hat der reagiert?
– Er ließ ihn gewähren.
– Vielleicht hat er es nicht kapiert. Diese Neger sind ja naiv wie kleine Kinder.

– Direttore, meiner Ansicht nach hat der es nur zu gut kapiert.
– Aber mir wurde doch berichtet, dass er dauernd zu den Nutten geht!
– Signor Direttore, ich habe dem Solassie zweihundert Lire geliehen.
– Was hat denn das damit zu tun?
– Es hat damit zu tun, weil Solassie ständig Geld braucht, und Müller hat Geld. Bestimmt hat er den Attardi für den Platzwechsel gut bezahlt.
– Mein Gott! Diese Komplikation hat uns gerade noch gefehlt! Was können wir tun, Lanzillotta?
– Im Augenblick nichts. Sagt es vielleicht auch den anderen Lehrern. Sie sollen aufpassen, wie sich die Sache weiter entwickelt.
– Und wenn sie sich schlecht entwickelt? Wenn es dem einfällt und er hängt sich wieder auf?

VIGÀTA – SCHLAFZIMMER WOHNUNG BUTTICÈ
10/11/1929, 23 Uhr

– Pippì.
– Och … was denn …
– Pippì.
– Was gibt's, Carmelì? Schläfst du noch nicht?
– Ich krieg kein Auge zu.
– Und weil du kein Auge zukriegst, machst du mich wach?
– Entschuldige, entschuldige.
– Pippì.
– Boh, nimmt das denn überhaupt kein Ende! Lässt du mich jetzt schlafen oder nicht?
– Pippì, morgens in der Früh gehst du um sieben aus dem Haus, wenn du heimkommst, ist's dunkel, wenn wir essen, ist unsre Tochter dabei, Michilina, wenn du ins Bett gehst, schläfst du immer gleich ein, wann kann ich denn überhaupt mal mit dir allein reden?
– Dann los, meinetwegen. Aber mach's kurz.
– Heut Morgen hat Lillina Pusateri geheiratet.
– Ist mir doch scheißegal.
– Red nicht wie ein Fuhrknecht! Hör mir zu. Michilina, unsre Tochter, als sie von der Trauung kam, hat sie immerzu geweint.

– Warum denn?
– Michilina hat drei Freundinnen gehabt, Sara, Filippa und Lillina. Und jetzt, wo auch Lillina geheiratet hat, haben alle drei Freundinnen einen Ehemann. Aber Michilina, die Ärmste, schafft es nicht mal, einen Verlobten zu finden.
– Was kann ich denn dafür?
– Pippì, ich hab so ein Gespür ganz tief drinnen im Herzen!
– Was für ein Gespür?
– Und ein Mutterherz irrt sich so gut wie nie!
– Also gut, was spürst du?
– Dass, wenn sich dieser Neger und Michilina kennenlernen, dann ist die Sache gelaufen.
– Ist es denn die Möglichkeit, dass du mit fünfzig noch wie ein kleines Mädchen daherredest? Warum bist du bloß auf diesen Schwanz von einem Neger so versessen?
– Red nicht so unanständig! Weil, er wär der Richtige für Michilina, ich spür's.
– Hast du schon mit ihr darüber gesprochen?
– Na und ob.
– Und was sagt sie? Macht ihr denn ein Neger nichts aus?
– Sie sagt, so wie es jetzt um sie steht, würde ihr nicht mal ein Chinese was ausmachen. Die Michilina braucht einen Mann. Sie ist neunundzwanzig!
– Ja eben. Und der Prinz ist neunzehn. Zehn Jahre Unterschied. Wie kommst du überhaupt auf die Idee, dass der ein hässliches, mittelloses Mädchen heiratet, noch dazu eine, die zehn Jahre älter ist als er?
– Pippì, möglich ist alles. Hat sich nicht sogar der Baron Persicò eine lahme Zwergin zur Frau genommen, eine Maurerstochter?

– Ja schon. Aber die Maurerstochter ist nicht so verrückt wie Michilina!
– Warum soll sie denn verrückt sein?
– Hörst du denn nicht, was sie so von sich gibt? «Jungfräulichkeit ist keine Tugend!» Oder: «Die Frau muss in der Liebe die gleiche Freiheit haben wie der Mann!» Ist das etwa kein verrücktes Zeug?
– Pippì, das ist nicht verrückt, das sind moderne Ansichten. Es bedeutet …
– … wollt wohl alle Nutten werden?!
– Red nicht so unanständig! Mir ist grad ein Einfall gekommen.
– Sag ihn mir, diesen Einfall, und dann Schluss, dann lässt du mich schlafen.
– Was macht er Weihnachten?
– Wer?
– Na wer schon? Der Prinz!
– Weiß der Teufel, was der macht!
– Du sollst nicht fluchen, hab ich gesagt! Ich hab gemeint, ob er Weihnachten nach Hause fährt nach Bissinien?
– Hör auf! Woher soll ich das denn wissen?
– Du, als Schulsekretär, solltest das wissen.
– Was geht's dich an, was der Weihnachten macht?
– Wenn er von Zuhause fort ist und weit weg von seiner Familie, dann könnt er doch an Weihnachten zu uns kommen.
– Na gut, ich frag mal nach. Aber jetzt lass mich schlafen.

MONTELUSA – CASA DEL FASCIO

12/11/1929, 10.30 Uhr

– *Pronto?* Kamerad Federale Caccialupi?

– Ja?

– Ich verbinde mit dem Nationalen Parteisekretär.

– …

– *Pronto?* Caccialupi?

– Zu Befehl, Exzellenz!

– Kamerad, Heil dem Duce!

– Heil!

– Ich teile Euch mit, dass ich gestern im Palazzo Venezia vom Duce zum wöchentlichen Rapport empfangen wurde. Nach dem Rapport hat er mich gefragt, wer Föderationssekretär in Montelusa ist und ich habe ihm geantwortet, dass Ihr es seid, Caccialupi. Da hat er gelächelt, er erinnert sich an Euch. Er hat mich gefragt: Ist das nicht der Rothaarige aus Perugia?

– O Gott! Verzeiht Exzellenz, aber ich … O Gott, mir ist nicht gut! Der Duce erinnert sich an mich! Ich fall in Ohnmacht! Einen Augenblick nur, Exzellenz …

– Caccialupi! Seid stark, Ihr seid doch ein echter Faschist! Der Duce erinnert sich an alle seine Männer, besser noch als Napoleon es tat! Seid Ihr bereit, mir aufmerksam zuzuhören?

– *Signorsì.*

– Gut. Er selbst höchstpersönlich hat mir befohlen, Euch anzurufen. Anfang Januar kommenden Jahres werden zwei abessinische Ras, Mulugheta und Mangascha, auf ihr Ersuchen hin die Ehre haben, von Seiner Exzellenz Benito Mussolini empfangen zu werden. Nun fragt sich der Duce, ob es nicht angebracht wäre, zu der Begegnung auch den jungen äthiopischen Prinzen einzuladen, an seinen Namen kann ich mich nicht mehr erinnern …

– Grhane Solassie Mbssa, Exzellenz.

– Ebenden. Der Duce denkt in seiner erleuchteten politischen Weitsicht, die Anwesenheit des Prinzen, der nebenbei Gelegenheit hätte, sich eine hohe Meinung von unserer faschistischen Zivilisation zu bilden, könnte einen positiven Einfluss auf die Gespräche ausüben, die der Duce mit den beiden Ras in Bezug auf die friedliche Festlegung der Grenzen zu Somalia führen wird. Habe ich mich klar genug ausgedrückt?

– Vollkommen klar, Exzellenz.

– Die vom Duce vorgegebene Marschrichtung wäre demnach ein Pfeil mit zwei Spitzen. Erste Spitze: Brief des Prinzen an seinen Onkel, den Negus. Übrigens, wie weit sind wir mit diesem Brief?

– Der Prinz sucht Ausflüchte.

– Warum denn? Fühlt er sich bei uns nicht wohl?

– Das ist es nicht, Exzellenz.

– Was denn dann? Fehlt es ihm an irgend etwas?

– An nichts. Wir sind bereit, ihm sogar eine Bauchtänzerin zu präsentieren!

– Und?

– Ich glaube, ich habe einen Weg gefunden, wie ich ihn dazu bringen kann.
– Haltet Euch ran, Kamerad Caccialupi. Ich erinnere Euch, die Zeit drängt! Und wenn sie am Ende drängt, ohne den Brief in den Händen zu halten, wird sie statt dessen Euren Hals zu fassen kriegen, Caccialupi! Wo war ich stehengeblieben?
– Bei der zweiten Spitze, Exzellenz.
– Richtig. Die zweite Spitze wäre, dass der Prinz nach Rom kommt. Werdet sofort aktiv!
– *Signorsì.*
– Erkundigt Euch, ob der Prinz damit einverstanden ist, Anfang Januar nach Rom zu kommen. Bei voller Kostenübernahme selbstverständlich.
– *Signorsì.*
– Tummelt Euch, Kamerad!
– *Signorsì.*
– Heil dem Duce!
– Heil!

VIGÀTA – BAHNHOF
12/11/1929, 17 Uhr

– Agatina!

– Ninetta! Wie schön, dass du mich vom Bahnhof abholst. Und meine Mutter, ist sie nicht da?

– Nein, ich habe ihr gesagt, dass ich gehe. Gib mir einen Koffer.

– Weißt du was, ich finde, du siehst blendend aus.

– Im Ernst? Beinah mag ich dich ihm gar nicht vorstellen, meinem Grhanuzzo. Ich möchte nicht, dass …

– Was redest du da?

– Ist ja nur Spaß. Ich weiß doch, ich kann mich auf dich verlassen. Ich bin gekommen, weil ich es nicht abwarten kann, dir was zu erzählen. Kutscher? Frei? Nehmt das Gepäck. Steig ein, Agatì.

– Also, was gibt's Neues?

– Warte, bis wir fahren. Ich möchte nicht, dass der Kutscher mich hört. Wie geht's deinem Vater?

– Viel besser. Aber Donnerstag muss ich wieder nach Palermo. Jetzt fahren wir. Also?

– Ab morgen wohnt mein Grhanuzzo bei mir zu Hause!

– *O madunnuzza beddra!* O du liebe Madonna! Habt ihr geheiratet?

– Schön wär's! Noch nicht, leider!
– Wie hat er denn das geschafft?
– Hab ich dir nicht geschrieben, dass er einen Plan hatte?
– Ja, aber wie hat er es gemacht?
– Also, erst hat er angefangen, nichts zu essen, dann hat er gesagt, er leidet an Trübsinn, weil …

AKTE NR. 3

An den Föderationssekretär
Arnaldo Caccialupi
Faschistische Föderation der Provinz
Montelusa

Vigàta, 18. November 1929

Kamerad Federale,

leider kann ich Eurer Einbestellung nicht folge leisten, weil ein Hund, der mir den Weg abschnitt, als ich letzten faschistischen Samstag an der Spitze eines von mir kommandierden Manipels der Jungfaschisten zur Versammlung lief, mich unglücklich zu Fall brachte und eine Verstauchung am linken Bein davongetragen habe.

Ich ergreife die Gelegenheit, Euch mitzuteilen, dass besagter Hund, von allen Anwesenten auf der Stelle erkannt, einem gewissen Mangiavillano Prospero gehört, der für seine andifaschistische Gesinnung bekannt ist und zu dem Zeitpunkt auf der einen Straßenseite an einem Tischchen im Café Castiglione saß, währent sich sein Hund auf dem Gehweg gegenüber befand. Ich habe den Verdacht, dass der Mangiavillano, als er mich kommen sah, seinem Hund gepfiffen hat, so dass dieser die Straße überquerde, um zu ihm zu gelangen, und mich dabei zu Fall brachte.

Kann man nicht Maßnamen gegen ihn ergreifen?

Ich erstatte Rapport über die schwierige Situation mit Grhane Solassie, die alles andere als einfach ist.

Den kleinen Brief an den Onkel Negus betreffent, muss ich sagen, dass der Umzug zu Prestifilippo sehr von Nutzen für ihn war, obwohl er erst wenige Tage dort ist, tatsächlich scheint er mir jetzt immer gutgelaunt und sehr viel umgänglicher als vorher, wo er noch in der Pension war.

Er bedauert nur, dass im Haus von Gaetano Prestifilippo die Frau fehlt, alldieweil die Signora vor fünf Jahren verstorben ist und Prestifilippo, als er Wittwer wurde, nicht wieder heiraden wollte, von dem her lässt er sich die Hausarbeit von einem Dienstmädchen und seiner Tochter Antonietta machen.

Grhane sagt, wenn es im Hause eine Frau geben würde, die ihm eine Mutter sein könnde, wäre er noch zufriedener.

Immerhin wäre er einverstanden, ein kleines Briefchen an den Negus zu schreiben, ungefähr in der Art:

«Lieber Onkel, in Italien geht es mir gut, die Italiener sind freundlich und großzügig und die italienischen Frauen erst recht. Herzlich Dein Neffe Grhane.»

Wenn das reicht, schreibt er es und schickt es ab.

Aber vorher gibt es noch was, was ich nicht erwardet und deshalb nicht früher davon gesprochen habe.

Die Sache ist die, wenn er das Briefchen so schreibt wie vorgeschlagen, will er dafür fünftausent Lire, nicht verhantelbar.

Wenn Ihr es aber länger und ausführlicher haben wollt, dann nennt er einen zu vereinbarenten Preis für jedes zusäzliche Wort.

Bezüglich was die Reise nach Rom angeht, über die ich nach Erhald des Befehls sofort mit ihm gesprochen habe, sagt er mir, davon sollte man nicht mal im Scherz reden.

Als ich eine Erklärung verlangt habe, hat er mir geantwordet, er kann es wirklich nicht machen aus Gründen des Rankunterschieds, insofern dass er Kaiserlicher Prinz ist und die beiden Ras sind einfach zwei Stammeshäuptlinge wie viele andre auch, die noch nicht mal von adliger Geburt sind.

Außerdem liegt seine Familie, soweit ich verstanden habe, seit ein paar Jahrhunderden mit der Familie von Ras Mangascha im Streit, und sobalt er einen aus der Familie Mangascha sieht, muss er sich, so will es die Tradition, geräuschvoll die Nase schneuzen und dann ausspucken, was bedeudet, dass er ihn zum Duell mit dem Krummsäbel herausfordert, bis einer der beiden tot ist.

Jedenfalls rät er dem Duce davon ab, irgendwas mit besagdem Ras Mangascha zu schaffen zu haben, von dem er behauptet, er ist niederträchtig wie eine Schlange, aasfressend wie eine Hiäne, listig wie ein Fuchs und trügerisch wie eine Fatta Morgana in der Wüste.

Er rät dem Duce, dafür zu sorgen, dass anstatt diesem Ras entweder Ras Sejum oder Ras Immirù nach Italien geschickt wird, beides sind Personen, auf die er Stein und Bein schwört, dass sie sehr seriös sind und immer daran gewöhnt, das gegebene Wort zu halten.

Für den Fall, dass Sejum oder Immirù verhindert sein sollten, sagt er, in diesem Fall könnte er sich mit dem andern Ras allein treffen, gegen den er weder Feintschaft noch Freundschaft empfindet, vorausgesezt, dass dieser Ras, sobald er vor ihm erscheint, in drei Schritt Entfernung auf die Knie fällt und ihm dann auf dem Bauch herankriechent die Füße küsst, denn so will und befiehlt es die Tradition.

Doch all das müsste in Vigàta passieren und nicht in Rom,

denn er könnte zwar die Ras empfangen, aber er kann sich nicht so weit erniedrigen, dass er zu ihnen hinfährt.

Meiner Meinung nach wäre es am allerbesten, von dieser Reise von Grhane nach Rom gar nicht mehr zu reden.

Wenn Ihr den Brief so wie vorgeschlagen agzeptiert will er von den fünftausend Lire tausent in bar und die restlichen überwiesen auf sein Konto bei Banco di Sicilia, Filiale Vigàta.

Er sagt, er schreibt den Brief, sobald sie ihm auf der Bank sagen, dass das Geld da ist.

Stets in Ermangelung Eurer Befehle.

Viva il Duce!

Argento Antonio Jungfaschist

KÖNIGLICHE BERGBAUSCHULE VON VIGÀTA

Mitteilung an die Lehrer und an das Personal

Übermorgen, am 20. November 1929, begehen wir den 65. Jahrestag der Gründung unserer Königlichen Schule.

Aus diesem Anlass findet am Nachmittag dieses Tages um 17 Uhr in der Aula Magna eine Festveranstaltung statt, an der im Schwarzhemd teilzunehmen alle Kameraden Lehrer mit ihren jeweiligen Familien eingeladen sind sowie das gesamte Verwaltungs- und Hilfspersonal, ebenfalls im Schwarzhemd und mit ihren jeweiligen Familien.

Bei der Veranstaltung werden anwesend sein S. E. der Präfekt von Montelusa, S. E. der Bischof, der Sekretär der Föderation und der Bürgermeister von Vigàta.

Viva il Duce!

DER REKTOR
Ing. Carmelo Porrino

FASCHISTISCHE FÖDERATION
DER PROVINZ MONTELUSA

DER FÖDERATIONSSEKRETÄR

Glauben, gehorchen, kämpfen!

Befehl Nr. 34798

An den Jungfaschisten
Antonio Argento
Via P. Carnemolla 16
Vigàta

Montelusa, 19. November 1929

Argento!

Wie könnt Ihr Euch erlauben, in Eurem fehlerstrotzenden Brief zu schreiben, «Eurer Meinung nach wäre es am besten»?

Ihr dürft absolut niemals irgendeine Meinung äußern, Ihr seid ein einfacher Parteisoldat, der nichts weiter zu tun hat, als blind den empfangenen Befehlen zu gehorchen!

Und auch dieser Neger, ob Prinz oder nicht, soll es nie wieder wagen, dem Duce Ratschläge zu erteilen!

Der Entwurf für den Brief, den dieser Scheißneger an den Negus schreiben soll, ist einfach lächerlich.

Wenn er bezahlt werden will, werden wir ihn bezahlen.

Soll er uns sagen, was er haben will, um einen Brief mit folgendem Wortlaut zu schreiben:

«Lieber Onkel, seit ich nach Vigàta gekommen bin, um die Königliche Bergbauschule zu besuchen, fühle ich mich zu neuem Leben erwacht! Seit die faschistische Revolution hier ihre siegreichen Standarten aufgepflanzt hat, führen alle, wie sie mir sagen, ein reicheres und glücklicheres Leben. Der Duce wird geliebt und verehrt. Je mehr Umgang ich mit dem italienischen Volk habe, desto mehr entdecke ich, wie es, gestählt durch den Faschismus, stark, mutig und kämpferisch ist, bereit, in der Schlacht den Feind erbarmungslos zu schlagen, aber gleichzeitig großherzig und stets willens, brüderlich die Hand zu reichen und eine Geste der Freundschaft tausendprozentig zu erwidern. Mir ist etwas widerfahren, was ich Dir berichten möchte. Sobald Menschen, denen ich begegnet bin, erfuhren, dass ich Dein Neffe bin, waren alle stets voll des Lobes und der Bewunderung für Deine Person. Gesundheitlich bin ich wohlauf und hoffe das gleiche von Dir. Herzlich, Dein Neffe usw. usw.»

Begebt Euch auf Krücken zu ihm, ich will umgehend Antwort.

Was das Treffen mit den anderen Ras angeht, seht Ihr wohl selbst ein, dass der Duce sich unmöglich persönlich in Begleitung eines Abessiniers von Rom nach Vigàta begeben kann.

Nein, es ist unerlässlich, dass der Neger nach Rom kommt.

Und er muss die beiden Ras treffen.

Was verlangt er, um für ein paar Stunden zu vergessen, sich in Anwesenheit von Mangascha die Nase zu schneuzen?

Erwarte unverzüglich Antwort.

Viva il Duce!

DER FÖDERATIONSSEKRETÄR

(Arnaldo Caccialupi)

FASCHISTISCHE FÖDERATION
DER PROVINZ MONTELUSA
DER FÖDERATIONSSEKRETÄR

Glauben, gehorchen, kämpfen!

Protokoll Nr. 739/RR/943
Betreff: *Bitte um Maßnahmen*

An S. E. Felice Matarazzo
Präfekt von
Montelusa

Montelusa, 19. November 1929

Exzellenz!

Mir wurde von dem Jungfaschisten Argento Antonio aus Vigàta ein schwerwiegender Fall von Sabotage eines sehr heiklen politischen Auftrags berichtet, mit dem besagter Jugendlicher auf meinen Befehl hin befasst ist.

In die Tat umgesetzt wurde der schändliche umstürzlerische Plan, unter Beihilfe seines Hundes, von einem gewissen Mangiavillano Prospero, der betrüblicherweise für seine antifaschistische und antipatriotische Gesinnung bekannt ist und bereits mehrfach eingesessen hat, weil er diese seine feindselige Einstellung gegenüber der faschistischen Regierung und insbesondere gegen S. E. Benito Mussolini öffentlich zu äußern gewagt hatte. Ich möchte Euch deshalb bitten, gegen ihn umgehend die Maßnahme der Zuweisung eines Zwangswohnsitzes ergreifen zu wollen für die Dauer, die Ihr für angemessen haltet.

DER FÖDERATIONSSEKRETÄR
(Arnaldo Caccialupi)

KÖNIGLICHES MINISTERIUM DES ÄUSSEREN

DER MINISTER

Prot. Nr. 234/912/B
Betreff: *Pr. Grhane Solassie*

An Kamerad Arnaldo Caccialupi
Föderationssekretär von
Montelusa

Rom, 24. November 1929

Kamerad!

Nach Einholung der entsprechenden Befehle des Duce erklärt unser Ministerium seine prinzipielle Bereitschaft, die von Prinz Grhane Solassie gestellten Bedingungen für das Verfassen eines Briefes an den Negus Haile Selassie und für sein Erscheinen im Januar in Rom zu einem Treffen mit zwei Ras in Gegenwart S. E. Benito Mussolini mit einigen unerlässlichen Modifizierungen zu akzeptieren.

Vorausschickend, dass alle Kosten der Operation «Pfeil mit zwei Spitzen», wie sie nach dem Willen des Duce benannt wird, zu Lasten unseres Ministeriums gehen, halten wir folgende Modifizierungen für unerlässlich:

§ Kürzung des Betrages von 12 000 Lire auf 8000 (achttausend) Lire für das Verfassen eines Briefes an den Onkel Negus mit vollständig gleichem Wortlaut wie von Euch vorgeschlagen.

§ Dieser Brief darf nach seiner Abfassung nicht direkt von Vigàta aus nach Äthiopien abgesandt, sondern muss in doppeltem Kuvert an unser Ministerium geschickt werden, welches die Weiterleitung mit Diplomatenpost veranlassen wird.

§ Kürzung des Betrags von 30 000 Lire auf 20 000 (zwanzigtausend) Lire für das, was der Prinz als «zeitweilige Herabsetzung seiner Würde» bezeichnet, insofern er sich nach Rom begeben muss und nicht die Ras ihn in Vigàta aufsuchen werden.

§ Für das Vergessen des Naseschneuzens und Ausspukkens angesichts des Ras Mangascha verlangt der Prinz die exorbitante Summe von 100 000 Lire. Wir verstehen durchaus, was der «Verrat», wie er es bezeichnet, an einer jahrhundertealten Tradition für den Prinzen bedeutet, sehen uns aber keinesfalls in der Lage, dieser Forderung nachzukommen, die wir, offen gesagt, für astronomisch halten. Deshalb haben wir uns nach telefonischer Beratung mit dem Botschafter von Äthiopien in Rom erfolgreich darum bemüht, die Ersetzung des Ras Mangascha durch Ras Sejum zu erreichen.

In dem Fall hat der Prinz keinerlei Ansprüche zu stellen.

Schlussendlich: Der Prinz würde nach den von ihm festgesetzten Modalitäten für seine Mühen 28 000 (achtundzwanzigtausend) Lire bekommen. Die Reisekosten im Schlafwagen erster Klasse und die Aufenthaltskosten in Rom in einem Hotel der obersten Kategorie werden selbstverständlich vom Ministerium übernommen.

Da die Zeit drängt, seid Ihr, falls der Prinz noch mehr verlangen sollte, ermächtigt, den Betrag ohne Rückfrage bis zu einer Gesamtsumme von 30 000 (dreißigtausend) Lire anzuheben.

Faschistische Grüße

für den MINISTER
der Kabinettschef
Corrado Perciavalle

SERVIZIO DI STATO

TELEGRAMM

von: Arnaldo Caccialupi
Föderationssekretär Montelusa
an: Corrado Perciavalle
Ministerium des Äußeren Rom
Datum: 27. November 1929
Uhrzeit: 9

Brief et reise prinz für dreißigtausend lire in worten dreißigtausend vereinbart stop aber prinz weist darauf hin briefversand per diplomatenkurier könnte bei onkel verdacht erwecken betreffender brief sei nicht freiwillig geschrieben stop sonstige briefe an familie schickt prinz mit normalpost stop erwarte eure anweisungen stop faschistische grüße stop arnaldo caccialupi föderationssekretär montelusa

SERVIZIO DI STATO

TELEGRAMM

von: Corrado Perciavalle
Ministerium des Äußeren Rom
an: Arnaldo Caccialupi
Föderationssekretär Montelusa
Datum: 27. November 1929
Uhrzeit: 13

Weitergeleitete bemerkung des prinzen grundsätzlich richtig stop kann aber nicht berücksichtigt werden weil betreffender brief in äthiopischer sprache geschrieben und unsere geheimdienste öffnung des kuverts und spurenloses wiederverschließen vorsehen zwecks kontrolle ob das vom prinzen geschriebene dem gewünschten entspricht stop sorgt dafür dass prinz vorgehen akzeptiert stop faschistische grüße stop corrado perciavalle kabinettschef ministerium des äußeren rom

SERVIZIO DI STATO

TELEGRAMM

von: Arnaldo Caccialupi
Föderationssekretär Montelusa
an: Corrado Perciavalle
Ministerium des Äußeren Rom
Datum: 27. November 1929
Uhrzeit: 17.25

Glaube absolut passende lösung gefunden zu haben die berechtigten einwand des prinzen entkräftet stop in montelusa lebt alter priester von zweifelsfreier faschistischer gesinnung nomen est bottino francesco spricht fließend äthiopisch stop könnte ergo dem prinzen brief übersetzen diktieren und kontrollieren ob transkription auf äthiopisch wortgetreu stop priester lebt in beengten wirtschaftlichen verhältnissen schlage deshalb entschädigung von 1000 lire vor stop faschistische grüße stop arnaldo caccialupi föderationssekretär montelusa

SERVIZIO DI STATO

TELEGRAMM

von: Corrado Perciavalle
Ministerium des Äußeren Rom
an: Arnaldo Caccialupi
Föderationssekretär Montelusa
Datum: 27. November 1929
Uhrzeit: 21.15

Persönlich mit s. e. benito mussolini konferiert findet eure lösung exzellent et gratuliert euch stop ihr seid also ermächtigt priester bottino francesco zu kontaktieren et angemessen zu entschädigen stop selbstverständlich annulliert dieses procedere vorschlag briefübermittlung mittels diplomatenkurier stop faschistische grüße stop corrado perciavalle ministerium des äußeren rom

Prinz,

ich verstehe nicht, warum Ihr mir heimlich einen Brief schickt, in dem Ihr schreibt, nachdem Ihr mich auf der Veranstaltung zum 65jährigen Jubiläum der Bergbauschule kennengelernt habt, wollt Ihr mich unbedingt privat sprechen.

Wenn Ihr mir vorher erklärt, worum es geht, könnte ich entscheiden, ob ich mich auf dieses Treffen einlassen möchte oder nicht.

Beim jetzigen Stand der Dinge sehe ich keinen Grund dafür.

Michelina Butticè

P. S.: Seid Ihr sicher, dass der Schuldiener, mit dessen Hilfe wir korrespondieren, wirklich vertrauenswürdig ist? Vergesst nicht, ich bin die Tochter des Schulsekretärs, und wenn das alles herauskäme, könnte es Papa sehr schaden.

KÖNIGLICHES MINISTERIUM DES ÄUSSEREN

DER MINISTER

Prot. Nr. 234/998/B
Betreff: *Pr. Grhane Solassie*

An Prinz Grhane Solassie Mbssa
bei Prestifilippo
Via Garibaldi 28
Vigàta

Rom, 2. Dezember 1929

Signor Principe,

in bezug auf Euren Wunsch, der uns von dem Botschafter Äthiopiens in Rom, an den Ihr Euch gewandt habt, übermittelt wurde, teilen wir Euch mit, dass dieses unser Ministerium beschlossen hat, Eurer Bitte um Erneuerung Eurer Garderobe anlässlich Eures Besuchs in der Hauptstadt uneingeschränkt stattzugeben, da wir dies dem Ereignis, an dem Ihr teilnehmen sollt, für angemessen halten.

Für die Kleidungsstücke, die Ihr Euch «Eurem Rang und der Feierlichkeit des Treffens gebührend» anfertigen lassen wollt, übernehmen wir die Kosten. Falls Ihr nicht über Bargeld für die Bezahlung der Schneiderei verfügt, ist S. E.

der Präfekt von Montelusa von unserem Ministerium ermächtigt, Euch vermittels des Ministeriums des Innern auf Euer Ersuchen hin die erforderliche Summe bereitzustellen.

Dem Botschafter war es ein Anliegen, uns bei der Gelegenheit zu bitten, Euch mitzuteilen, dass der Äthiopische Hof den Streit mit der Generaldirektion des Banco di Sicilia durch Ausgleichung des entdeckten Sollbestands von 3000 Lire auf Eurem Konto bei der Filiale der genannten Bank in Vigàta beigelegt hat.

Doch angesichts der danach von Euch vorgelegten Aufstellung der neuerlichen Ausgaben in Höhe von 3000 Lire für den Kauf eines Abendanzugs mit passendem Überzieher und Schuhen, 600 Lire für den Kauf einer kompletten Fechtausrüstung und 1800 für Mobiliarerneuerung im Hause Prestifilippo berichtet der Botschafter, der Äthiopische Minister für Unterricht und Erziehung wünscht, Ihr möget der beschränkten finanziellen Verhältnisse Eures Landes eingedenk sein und des Opfers, das die Äthiopische Regierung bringt, um Euren Studienaufenthalt zu finanzieren, damit Ihr Euch von nun an einer bescheideneren Lebensführung befleißigt und keinesfalls die Summe von monatlich tausend italienischen Liren überschreitet.

Ihr habt während Eures Aufenthalts in Italien greifbare Beweise für die Großzügigkeit des Faschismus gegenüber allen ausländischen Gästen erhalten. Diese Großzügigkeit, dessen seid versichert, wird weiter gegenüber Eurer Person geübt werden, wann immer Ihr es wünscht.

Mit den besten Empfehlungen und faschistischen Grüßen

für den MINISTER
der Kabinettschef
Corrado Perciavalle

KÖNIGLICHE PRÄFEKTUR VON MONTELUSA
DER PRÄFEKT

Protokoll Nr. 98901/BV/B/B/612
Betreff: *Ausgaben Prinz Grhane Solassie*

An Kamerad Corrado Perciavalle
Kabinettschef S. E. des
Ministers des Äußeren
Rom

Montelusa, 8. Dezember 1929

Kamerad!

Ich teile Euch mit, dass unsere Präfektur die Erstattung einer Summe von 5400 (fünftausendvierhundert) Lire an den Prinzen Grhane Solassie Mbssa für die von ihm bestrittenen Ausgaben für einen Abendanzug, Fechtausrüstungen und Mobiliarerneuerung im Hause Prestifilippo vorgenommen hat.

Er hat bereits bei dem besten Schneider des Ortes zwei Straßenanzüge aus sehr kostspieligem englischen Tuch bestellt und einen Frack mit breiten, bizarren Gold- und Silbereinfassungen, für die er selbst die Vorlage lieferte.

Außerdem habe ich die Kosten für zwei Sommeranzüge bei demselben Schneider genehmigt, für die ich keine Notwendigkeit sehe, da das Treffen mit S. E. Benito Mussolini und den beiden Ras für den kommenden Januar vorgesehen ist. Nichtsdestotrotz habe ich die Erteilung der Genehmigung für opportun gehalten, weil nach meinem Eindruck die gegenwärtige Marschrichtung gegenüber dem Prinzen dahin geht, ihm auf jede Weise entgegenzukommen, zumindest solange er den Brief an seinen Onkel noch nicht geschrieben und das erwünschte Treffen in Rom noch nicht stattgefunden hat.

Wie ich Euch des weiteren zur Kenntnis bringen möchte, hat der Umstand, dass der Prinz im Hause Prestifilippo, wo er zahlender Gast ist, das gesamte Mobiliar zu erneuern beliebte und nicht nur, wie es teilweise zu akzeptieren gewesen wäre, dasjenige in seinem eigenen Zimmer, dem Bericht des Bürgermeisters von Vigàta zufolge im Ort unkontrollierbare Gerüchte über die bevorstehende offizielle Verlobung des Prinzen mit der Tochter von Prestifilippo, der siebzehnjährigen Antonietta, entstehen lassen.

Wenn dies der Wahrheit entspräche, könnte man sich mit Prestifilippo in Verbindung setzen, da er in der Lage wäre, einen positiven Einfluss auf die Vorstellungen des Prinzen zu nehmen.

Andere Gerüchte behaupten allerdings, der Prestifilippo sei im Gegenteil dem Prinzen völlig hörig geworden und infolge eines Zauberrituals in allem und jedem seinem Willen unterworfen, was meines Erachtens völlig aus der Luft gegriffen ist.

Faschistische Grüße

DER PRÄFEKT
(*Felice Matarazzo*)

†

BISCHÖFLICHE KANZLEI MONTELUSA

An Don Stefano Ficarra
Via dei Crociferi 14
Vigàta

Montelusa, 9. Dezember 1929

Lieber Don Stefano,

die Nachricht, die Ihr uns habt zukommen lassen, hat S. E. den Bischof von Herzen erfreut.

Wie Ihr uns berichtet, ist der junge Prinz Grhane Solassie nicht nur stets im Religionsunterricht anwesend und bekundet allezeit Aufmerksamkeit und großes Interesse, sondern hat Euch auch um ein persönliches Treffen gebeten, um genauere Ausführungen zur Vorstellung des Teufels in unserem katholischen Glauben zu erhalten, und daher bittet Ihr um Erlaubnis für dieses Treffen.

S. E. der Bischof gewährt sie Euch und beauftragt mich, Euch mitzuteilen, Er werde beten, damit der Heilige Geist Euch die rechten Worte eingeben möge, auf dass sich im Herzen des Prinzen ein Spalt auftue, durch den die Stimme der Wahrheit Eingang zu finden vermag.

Es wäre wunderbar, wenn der Prinz in die katholische

Kirche überträte! Bedenkt, welchen Widerhall eine derartige Nachricht finden könnte!

S. E. sendet Euch seinen besonderen Segen.

für S. E. den BISCHOF
der Privatsekretär
(Don Angelo Sorrentino)

Prinz,

ich habe Euren Brief gelesen und ihn verbrannt, wie Ihr es mir geraten hattet.

Ich will ehrlich zu Euch sein.

Mir scheint, Ihr habt sie nicht mehr alle.

Ihr deutet an, dass Ihr mich treffen wollt, um mir eine Ehe vorzuschlagen, die sehr vorteilhaft für mich sein könnte.

Abgesehen davon, dass es seltsam ist, wenn Ihr als völlig Fremder Euch für meine Lage interessiert, kann ich mir nicht im entferntesten vorstellen, wer der Mann sein sollte, den Ihr mir als Ehemann vorschlagen wollt und welchen Nutzen Ihr davon hättet.

Erklärt Euch deutlicher.

Michelina

Il giornale dell'Isola

Direttore Angelo Bianco | Palermo, 14. Dezember 1929

Vigàta – Die junge Antonietta Prestifilippo, 17 Jahre, befand sich gestern nach Ende des Unterrichts am hiesigen Pythagoras-Gymnasium auf dem Heimweg wie jeden Tag, doch als sie die Kreuzung von Via Epicuro und Via Garibaldi erreichte, an der sie wohnt, wurde sie zum Ziel zweier Schüsse, die sie glücklicherweise verfehlten.

Einer der beiden Schüsse, der in das gegenüber auf der anderen Straßenseite gelegene Café Littorio einschlug, durchtrennte bedauerlicherweise die Aufhängung der großen, kunstvoll gearbeiteten schmiedeeisernen Salonlampe, die auf den Tisch herabstürzte, an dem in diesem Augenblick Kamerad Sebastiano Borino, der faschistische Parteisekretär von Vigàta, und seine verehrte Gattin saßen. Die beiden wurden in ernstem Zustand ins Krankenhaus von Montelusa gebracht.

Der geflüchtete Attentäter wurde unterdessen von einigen mutigen Passanten verfolgt, die ihn einholten, ihm die Waffe abnahmen und ihn zwei Beamten im nahegelegenen Polizeikommissariat übergaben. Dort wurde er als Müller Rainer identifiziert, Schüler der Königlichen Bergbauschule in Vigàta, 20 Jahre alt. Es war nicht möglich, ihn über die Motive seiner unsinnigen Tat zu befragen, da der junge Mann sich infolge eines schweren Nervenzusammenbruchs mit einem Brieföffner das Leben zu nehmen versucht hat und deshalb ins Krankenhaus von Montelusa eingeliefert wurde, wo er sich derzeit noch unter strenger Bewachung befindet.

Um unserer Reporterpflicht zu genügen, geben wir die Gerüchte wieder, die im Ort kursieren und die Motive dieser Tat, die in der Stadt für große Aufregung gesorgt hat, erklären könnten.

Allem Anschein nach war Rainer Müller schon lange heftig in die junge Antonietta Prestifilippo verliebt und das junge Mädchen hat seine Aufmerksamkeiten sozusagen nicht verschmäht.

Doch seit einiger Zeit wohnt im Hause Prestifilippo als Pensionsgast der ebenfalls die Königliche Bergbauschule besuchende äthiopische Prinz Grhane Solassie Mbssa, Neffe des Negus, des Kaisers von Äthiopien.

Dem Anschein nach, aber es handelt sich wie gesagt um unbewiesene Gerüchte, ist zwischen dem stattlichen Prinzen und der jungen Hausherrin eine stürmische Liebe entbrannt, was den Müller so zur Raserei gebracht hat, dass er das Mädchen, das ihn verlassen hatte, umzubringen versuchte. (*B. V.*)

KÖNIGLICHES POLIZEIKOMMISSARIAT
VON VIGÀTA

Protokoll Nummer:
Betreff:

An Commendatore Filiberto Mannarino
Polizeipräsident von
Montelusa

Streng vertraulich

Vigàta, 17. Dezember 1929

Signor Questore,

wie von Ihnen befohlen, haben mich meine Ermittlungen trotz des hartnäckigen Schweigens, in das sich der Attentäter Rainer Müller zurückgezogen hat, zu einer Version der Fakten geführt, die sich sehr von der des Reporters im «Giornale dell'Isola» unterscheidet.

Ein Ergebnis, das es mir angesichts der heiklen Situation, die um den Prinzen Grhane Solassie herum entstanden ist, nicht gestattet, Ihnen einen offiziellen Bericht zu schicken.

Ich hatte ja bereits zuvor Gelegenheit, Ihnen die widernatürlichen Neigungen des Müller Rainer darzulegen, die vor einigen Monaten zu einem (wie sich dann herausstellte, vorgetäuschten) Suizidversuch führten und in der Folge zum Verweis des Schülers Arzigò von der Bergbauschule, um eine so gut wie sichere Anzeige wegen Erregung öffentlichen Ärgernisses zu vermeiden.

Kaum war jedoch der Prinz Grhane an die Bergbauschule gekommen, vernarrte sich Müller auf der Stelle in ihn und zeigte seine Gefühle ganz offen, ohne jede Zurückhaltung. Zum Beispiel hatte er es so eingerichtet, dass er in den für alle drei Jahrgänge gemeinsamen Unterrichtsstunden den Platz wechselte und damit den Prinzen zum Banknachbarn hatte.

Von dieser Situation hatte der Schulrektor durch den unmissverständlichen Hinweis eines Lehrers Kenntnis erhalten, war aber der Ansicht, nicht eingreifen zu müssen, vor allem im Vertrauen darauf, dass der Prinz sich bekanntermaßen und nur allzu deutlich von Frauen angezogen fühlt.

Doch nach dem, was ich durch die sozusagen private Aussage des Schülers Cuticchio Giovanni, eines tief gläubigen Jungen, in Erfahrung bringen konnte, wurde der Prinz bei mindestens zwei Gelegenheiten von ihm dabei gesehen, wie er Müllers Zärtlichkeiten voll und ganz erwiderte.

Er legte auch Wert darauf, mir zu sagen, dass er beim ersten Mal, als er sie in einem leeren Klassenraum in intimer Haltung überraschte, empört und wütend zu den beiden hingegangen sei und ihnen befohlen habe, sofort aufzuhören. Doch der Prinz habe ihm, ohne innezuhalten, einen Tritt in die Leistengegend versetzt und ihn angeherrscht, er solle verschwinden.

Auf meine Frage, warum er die beiden nicht dem Rektor gemeldet habe, antwortete mir der Cuticchio, er habe lieber jeden Morgen für ihr Seelenheil gebetet.

Mag sein, dass es dort, wo der Prinz herkommt, völlig normal ist, sexuelle Beziehungen sowohl zu Männern als auch zu Frauen zu haben, aber nach meiner persönlichen Meinung hat sich der Prinz nur deshalb darauf eingelassen, für Müller den Mann zu spielen, weil dieser ihn üppig dafür bezahlt hat.

In der Tat ist Vater Müller vor vierzehn Tagen im Kommissariat erschienen, um das Verschwinden eines Koffers anzuzeigen, den er im Haus gehabt hatte und der einen Betrag von 1.543 Lire in bar enthielt.

Ich hatte das Hausmädchen des Diebstahls verdächtigt, doch jetzt glaube ich, dass der Koffer von seinem Sohn entwendet wurde, um dem Grhane, der bekanntlich nie mit seinem Geld auskommt, seine Dienste zu bezahlen.

Was die im Ort kursierenden Gerüchte über eine Romanze zwischen der siebzehnjährigen Antonietta Prestifilippo und dem Prinzen angeht, kann ich Ihnen berichten, dass es sich um weit mehr handelt als um eine bloße Romanze.

Antoniettas Schlafzimmer liegt Wand an Wand mit dem Schlafzimmer der Nachbarwohnung des Ehepaares Marianna und Pasquale Losturzo. Sie haben mir im Vertrauen erklärt, dass sie jede Nacht unzweideutige Geräusche und Laute durch die Trennwand hören. Sie denken sogar daran, ihr Schlafzimmer zu verlegen.

Hinsichtlich der Gerüchte, wonach Antoniettas Vater, Gaetano Prestifilippo, ein Gemeindeangestellter, der auch als Dichter bekannt ist, von dem Prinzen völlig abhängig sein soll, hat mir das Ehepaar Losturzo berichtet, sie hätten mehrfach gesehen, wie der Prinz dem Prestifilippo seine Hefte und Bücher gab, damit er sie ihm die Treppe hinauftrug.

Kurz und gut, zu dem versuchten Totschlag kam es nicht deshalb, weil Müller ein verlassener Liebhaber der Prestifilippo war, sondern aus Eifersucht auf den Prinzen, weil dieser der Geliebte des siebzehnjährigen jungen Mädchens geworden ist.

Gleich nach der Verhaftung seines Sohnes erschien der Vater bei mir, der Ingenieur Heinrich, der mit herrischem Gehabe die unverzügliche Entfernung des Prinzen von der Schule verlangte und seine Forderung mit einer Argumentation begründete, die ich nur zum Teil verstanden habe. Seiner Ansicht nach ist der wahre Schuldige an dem Totschlagversuch der Neger, und zwar nicht, weil er seinem Sohn die Freundin ausgespannt hat, sondern weil er Neger ist und deshalb allein durch seine Anwesenheit Barbarei und wilde Instinkte verbreitet. Dass man durch Ansteckung zum Mörder werden kann, höre ich zum ersten Mal.

Da mich seine Überheblichkeit sehr ärgerte, konnte ich mich nicht beherrschen und erzählte ihm haarklein, wie sich die Dinge tatsächlich abgespielt haben, einschließlich des Suizidversuchs, den sein Sohn vorgetäuscht hatte, um nicht seine vorherige Liebschaft mit dem Klassenkameraden Arzigò zu verlieren. Bei dieser Enthüllung ist er fast in Ohnmacht gefallen. Er ist aus dem Kommissariat getaumelt und hat gemurmelt, wegen seines nichtswürdigen Sohnes werde er sofort aus der Nationalsozialistischen Partei austreten.

Weil allgemein bekannt geworden ist, dass der Prinz das

Mobiliar im Hause Prestifilippo komplett erneuert hat, sind alle im Ort überzeugt, dass demnächst seine offizielle Verlobung mit Antonietta bekanntgegeben wird.

Hoffen wir das Beste.

Hochachtungsvoll

DER POLIZEIKOMMISSAR VON VIGÀTA
(*Giacomo Spera*)

Prinz,

Euer Brief war oder schien mir zumindest ziemlich schwer verständlich, denn Ihr schreibt wirr und zusammenhanglos (vergesst nicht, dass ich Italienisch unterrichte).

Ich fasse den Kern Eurer Absichten zusammen.

Ihr schlagt mir einen Ehemann vor in Gestalt des Signor Gaetano Prestifilippo, den ich gut kenne und der gegenwärtig Euer Vermieter ist, bald aber (das habt Ihr nicht geschrieben, aber so munkelt man im Ort) der Vater Eurer Verlobten sein könnte. Ihr schreibt mir, Ihr hättet dem Prestifilippo gegenüber «die Sache schon angedeutet» und er sei nicht dagegen, trotz des Altersunterschieds: Tatsächlich bin ich neunundzwanzig und er einundfünfzig, das macht mehr als zwanzig Jahre.

Dass Prestifilippo nicht dagegen ist, glaube ich gern. Auch wenn ich es aus Mangel an körperlichen Reizen nicht geschafft habe, einen Ehemann zu finden, bin ich immer noch besser als irgendeine fünfzigjährige alte Jungfer oder Witwe, die er kriegen würde, wenn er wieder heiraten wollte.

Ihr versichert mir, der Prestifilippo sei «immer noch als Ehemann tauglich», und ich verstehe vollkommen, was Ihr damit sagen wollt. Ihr schreibt weiter, in Eurem Land gebe es eine Redewendung, die ungefähr so lautet: «Wenn eine Frucht überreif ist, sieht man mit bloßem Auge, dass sie gleich vom Ast fallen wird.»

Um Eure Offenherzigkeit ebenso offenherzig zu beantwor-

ten: Ihr habt einen guten Blick. Ich halte es wirklich nicht länger am Ast aus und möchte tatsächlich gern fallen. Ihr erklärt mir Euer persönliches Interesse an dieser Eheschließung, indem Ihr behauptet, dass es im Hause Prestifilippo, wo Ihr offenbar Eure ferne Familie neu zusammensetzt, eine Leerstelle gibt, nämlich die einer mütterlichen Figur, die ich durch meine Anwesenheit ausfüllen würde.

Habt Ihr denn den Eindruck, ich wäre die richtige Frau, um eine Ersatzmutter für Euch abgeben zu können? Unausweichlich stellt sich diese Frage vor allem angesichts dessen, was Ihr im vorhinein von mir verlangt.

Eure Forderung hatte in früheren Zeiten einen präzisen Namen: Jus primae noctis.

Ihr fordert es als Prinz, der das Haus Prestifilippo inzwischen als seinen Besitz und dessen Bewohner als seine Untergebenen betrachtet. Und Ihr wünscht, dass dieses Recht der ersten Nacht anlässlich meiner Zustimmung zu Eurem Vorschlag Anwendung finden soll.

Mit anderen Worten, Ihr selbst wollt derjenige sein, der mit einem starken Stoß die Frucht vom Baum holt.

Ich sage Euch sofort, ich habe nichts dagegen, mich dieser, wie Ihr sagt, Tradition Eures Landes anzupassen.

Und auch mit dem zeitlichen Ablauf bin ich einverstanden.

Denn wenn ich erst einmal verheiratet bin, wäre es wegen der Anwesenheit meines Ehemannes und seiner Tochter im Hause sehr schwierig, Euer Recht zum Zuge kommen zu lassen. In der Tat erinnere ich mich, gelesen zu haben, wenn mein Gedächtnis mich nicht trügt, dass dieses Recht wirklich anlässlich der ersten Ehenacht ausgeübt wurde, wo sich dann der Prinz, oder was immer er war, neben die Braut legte.

Ich glaube mich auch zu erinnern, dass all dies oft eine Art Ritual war, eine bloße Formalität: Der Adlige legte sich für wenige Minuten neben die Braut, erhob sich aber gleich wieder, um dem rechtmäßigen Ehemann Platz zu machen.

Falls Ihr nur einen rein formalen Akt ausführen wollt, könnten wir auch bis zum Tag der Eheschließung warten. Ich glaube, dass weder mein Ehemann noch seine Tochter irgend etwas dagegen hätten.

Aber wenn ich Eure Worte und Eure Absichten richtig verstanden habe, wollt Ihr Euch nicht auf Formalitäten beschränken.

Kurz und gut: Ich akzeptiere Euren Vorschlag, ich bin bereit, mich mit Prestifilippo zu verloben.

Also bleibt für Euch nur noch eins zu tun: einen sicheren und ruhigen Ort zu finden, wo ich hinkommen kann, ohne dass mich jemand sieht, und wo Ihr, solange Ihr wollt, Euer Recht ausüben könnt.

Bedenkt jedoch, dass ich mich leichter am frühen Nachmittag freimachen kann.

Michelina

GESPRÄCHSAUSSCHNITTE 3

VIGÀTA – KÖNIGLICHE BERGBAUSCHULE
18/12/1929, 17 Uhr

– Was war denn los? Was ist passiert? Professore De Vita, sind Sie dabei gewesen?

– Ja sicher, Direttore. Ich hatte die Schüler des ersten und zweiten Jahrgangs für den üblichen praktischen Unterricht mit in die Mine genommen. Wir waren um zwei eingefahren, gleich nach dem Mittagessen, und der Unterricht verlief eine Stunde lang ruhig, da brach plötzlich ein Weltuntergang los.

– Professore, lassen Sie mich nicht schmoren, erzählen Sie mir alles.

– Ich hatte die Schüler, wie ich es immer tue, in kleine Gruppen aufgeteilt und einige in die stillgelegten Stollen geschickt, andere in die, die noch in Betrieb sind, und ich selbst ging von einer Gruppe zur andern. Ich war gerade in einem Stollen, der noch in Betrieb ist, als wir von nebenan einen unmenschlichen Schrei hörten, aus einem stillgelegten Stollen. Soll ich Ihnen eine Skizze machen?

– Sie brauchen mir nichts zu skizzieren, erzählen Sie weiter.

– Nein, ich möchte es Ihnen doch aufzeichnen, denn technisch gesehen hätte der Schrei gar nicht bis zu uns dringen können, denn die Ausbreitung der Schallwellen wird, wie Sie ja wissen, aufgehalten …

– Wollen Sie mich wirklich zum Wahnsinn treiben? Kommen Sie zur Sache, Jesses!

– Gut, regen Sie sich nicht auf, Direttore. Wir haben also diesen unmenschlichen Schrei gehört und waren wie gelähmt. Das Schreien ging weiter. Alle haben wir uns gefragt, was da wohl passierte. Vielmehr, um genau zu sein, der Schüler Principato Filippo, der zwei Schritte neben mir stand, sagte, bestimmt hat sich jemand verletzt. Woraufhin der Schüler Carcarato Antonio, der einen Schritt hinter mir stand oder anderthalb Schritte …

– Jetzt reicht's, Herrgottnochmal!

– Was haben Sie denn?

– War Zaccaria bei Ihnen?

– Mein Assistent? Ja.

– Schicken Sie ihn zu mir. Und Sie, gehen Sie, um Himmelswillen!

VIGÀTA – KÖNIGLICHE BERGBAUSCHULE
18/12/1929, 17.10 Uhr

– … und wir haben dies grässliche Gebrüll gehört, das ist immer näher kommen weil der der gebrüllt hat ist zum Stollen rausgelaufen. Da bin ich selber losgelaufen und wollt sehn was passiert. Und als ich hinkommen bin seh ich grad noch wie einer aus dem Stollen rauskommt und immer noch brüllt wie ein Wahnsinniger.
– War das der Schüler Cuticchio Giovanni?
– *Sissignori.* Aber ich hab ihn gar nicht gleich erkannt gehabt, erstens mal ist es dunkel gewesen und zweitens mal hat er ausgesehen als wärs gar nicht er.
– Inwiefern?
– *Diretturi mio,* die Augen, die sind ihm aus dem Kopf gesprungen, der Mund ganz schief und sowas wie weißer Schleim ist ihm runtergelaufen und stinken tat er.
– Er stank? Wonach?
– Nach Scheiße. Er hat sich vollgekackt gehabt.
– Schon gut, schon gut. Und was habt Ihr gemacht, Zaccaria?
– Hab versucht ihn festzuhalten, hab's aber nicht geschafft. Er hat mir einen Stoß in die Rippen verpasst und ist weitergelaufen zum Aufzug. Aber auf halber Strecke ist er gestol-

pert, ist mit dem Kopf auf den Boden geschlagen und hat die Besinnung verloren.
– Und dann?
– Und dann haben ihn zwei Bergleute mitsammen dem Professori De Vita nach oben geschafft. Haben ihn in die Erste Hilfe gebracht, aber weil die Wunde am Kopf, die war groß, da haben sie ihn ins Spital nach Montelusa gefahren.
– Hat man denn herausbekommen, was mit ihm passiert ist?
– Schauns, *Diretturi*, mit im Stollen bei ihm war Marchica Paolo, kann sein, dass der was weiß.
– Schick mir Marchica.

VIGÀTA – KÖNIGLICHE BERGBAUSCHULE
18/12/1929, 17.20 Uhr

– Warum hast du dich denn von deinem Kameraden entfernt?
– Ich bin in einen Nebenarm des Stollens hineingegangen, weil Professore De Vita uns gesagt hatte, dort sei ein Drainagesystem ausprobiert worden, das …
– Lass gut sein. Erzähl mir, was du gesehen hast.
– Bevor ich was gesehen habe, hab ich was gehört.
– Erzähl mir, was du gehört hast.
– Ich habe gehört … es ist schwer zu beschreiben … ein Gelächter.
– Ein Gelächter?!
– *Sissignore.*
– War das Cuticchio, der da gelacht hat?
– Nein, der war das ganz bestimmt nicht.
– Aber in dem Stollen wart doch nur ihr beide!
– Ja, aber er war es nicht. Das Gelächter war entsetzlich, glauben Sie mir, ich hab es selber mit der Angst bekommen.
– Wie war denn dieses Gelächter?
– Teuflisch, Direttore.
– Komm, Marchica, jetzt mal im Ernst.
– Es ist mein Ernst, Direttore. Es war ein satanisches Ge-

lächter, furchtbar. Und gleich danach hat Cuticchio geschrien: «Der Teufel!»
– Willst du mir erzählen, er hat den Teufel gesehen? Willst du mich verarschen? Hör zu, Marchica, ich …
– Direttore, ich sag Ihnen, was ich gehört und gesehen habe. Wenn Sie mir nicht glauben, sag ich nichts mehr.
– Red weiter.
– Das Gelächter war immer noch zu hören und Cuticchio schrie immer wieder: «Der Teufel!» Und dann sagte der Teufel zu ihm, langsam und mit abgrundtiefer Stimme, und wiederholte es zweimal: «Tuae proditionis te paeniteat vel mecum trahebo te ad infera!»
– Wie sprichst du denn, verflixt nochmal?
– Lateinisch. Ich war gut im Gymnasium.
– Und was heißt das?
– Bereue deinen Verrat oder ich nehme dich mit in die Hölle!
– Das hat er wirklich gesagt?
– Proditionis, das bedeutet Verrat. Das habe ich deutlich gehört, als ich versuchte, zu Cuticchio hin zu kommen.
– Und als du bei ihm warst?
– Nein, ich hab's nicht geschafft. Mir sind die Beine weich geworden. Auch ich war entsetzt. Und ein paar Sekunden später sah ich Cuticchio vorbeirennen und er brüllte wie wahnsinnig. Und genau in dem Moment hab ich den fürchterlichen Gestank gerochen.
– Ja, ich weiß, er hatte sich in die Hosen gemacht.
– Nein, so ein Gestank war das nicht.
– Was denn für einer?
– Wie brennender Schwefel.
– Verdammt!

– Warum wundern Sie sich? Es heißt doch, wenn der Teufel erscheint …
– Ach was, von wegen Teufel! Was für einen Kohl erzählst du mir da? Das ist eine Schwefelmine! *O Matre santa! O Signuri biniditto! O Vergini santissima!* Heilige Muttergottes! Herrgott im Himmel! Heilige Jungfrau! Genuardi! Genuardi, schnell zu mir!
– Zu Befehl, Direttore!
– Allgemeiner Alarm! Sofort die Mine räumen! *O Signuruzzo Santo!* Du lieber Gott! Wo ist Micciche? Micciche!
– Hier bin ich, Direttore!
– Die Wachmannschaft, sofort in die Mine! Es riecht nach brennendem Schwefel im Stollen D, dem stillgelegten, neben dem E, der noch in Betrieb ist. *Matre santa,* nur der Teufel hat uns in diesem ganzen Schlamassel noch gefehlt!

VIGÀTA – MINE CARBONELLA
19/12/1929, 7 Uhr

– *Ingegneri*, die Bergarbeiter weigern sich, in die Grube einzufahren!
– Was soll dieser Unsinn, *kuesta pazzia*? Ein Streik, *uno skiopero?* Ich rufe *subito Karabiniera!*
– Nicht doch, *ingegneri*. Das ist kein Streik.
– Was dann? *Kosa essere allora?*
– Muffensausen haben sie, Angst.
– Was macht ihnen Angst? *Ki fare loro paura?*
– Der Teufel, *ingegneri*. Sie sagen, dass sie nicht eher einfahren, als bis ein Pfarrer kommt, der die Grube segnet und den Dämon vertreibt.

MONTELUSA – BISCHÖFLICHE KANZLEI
19/12/1929, 8.30 Uhr

– Hallo, Don Sorrentino? Ich bin es noch mal, Don Ficarra.
– Was gibt's?
– Erinnern Sie sich, ich habe Sie vor einer Stunde angerufen, um mir die Erlaubnis Seiner Exzellenz des Bischofs für die Segnung der Grube Carbonella zu holen?
– Selbstverständlich erinnere ich mich. Sind Sie dort gewesen?
– Ja, und ich wollte mich darauf beschränken, den Grubeneingang zu segnen, aber die Bergarbeiter haben verlangt, dass ich runterfahre. Und so habe ich die Einmündung des Stollens D gesegnet, wo der Teufel erschienen sein soll, und bin danach sofort wieder hochgefahren. Ich versichere Ihnen, es ist nicht angenehm da unten. Es ist wirklich ein infernalischer Ort.
– Jetzt fangen Sie nicht auch noch an, Padre!
– Ich sag ja nur.
– Und haben die Bergleute die Arbeit wieder aufgenommen?
– Nicht im Traum.
– Warum denn nicht?
– Sie sagen, der Segen genügt nicht. Sie wollen einen Priester, der imstande ist, den Dämon auszutreiben.

– Einen Exorzisten?
– Genau.
– Und wo nehmen wir den her, den Exorzisten? Bleiben Sie am Apparat, ich spreche mit Seiner Exzellenz.
– …
– Hallo? Don Ficarra?
– Ja. Was hat der Bischof gesagt?
– Das kann ich Ihnen nicht wiedergeben. Seine Exzellenz wurde, wie soll ich sagen, etwas ungehalten und hat mich zum Teufel geschickt. Er sagt, er hat keine Zeit für Spinner, die den Dämon sehen mit Hörnern und Schwefelgestank.
– Aber sie fahren nicht ein, wenn nicht vorher ein Exorzist kommt.
– Versuchen Sie, ihnen klarzumachen, dass der Segen genügt.
– Als ob ich das nicht schon getan hätte! Aber die nehmen keine Vernunft an. Sogar der Besitzer ist gekommen, der Baron Gerratana, aber sie wollten ihn gar nicht anhören. Wissen Sie, was der Verlust eines Arbeitstages den armen Baron in klingender Münze kostet?
– Hat Baron Gerratana das gesagt? Der Präsident der Azione Cattolica?
– Ja, genau der.
– Na gut, dann …
– Also?
– Es gäbe eine Lösung.
– Und die wäre?
– Wir machen es so. Ich lasse mich hier in der Kanzlei vertreten und in spätestens einer halben Stunde bin ich da.
– Ich wusste gar nicht, dass Sie Exorzist sind.

– Hab ich das jemals behauptet?
– Und was wollen Sie dann hier?
– Exorzieren. Ich fahre mit einem großen Holzkreuz und dem größten Rosenkranz, den ich finden kann, in den Stollen ein, sage ein Vaterunser, zwei Sätze in Latein, rufe «Vade retro, Satanas», fahre hoch und komme wieder her. Klar? Und bitte: Sie leisten mir Beistand.

MONTELUSA – KÖNIGLICHE PRÄFEKTUR
19/12/1929, 11 Uhr

– Exzellenz, ich brauche einen vertraulichen Rat von Euch.
– Stehe zu Diensten, Kamerad Federale.
– Es geht um eine heikle Angelegenheit, die mit dem Brief des Prinzen Grhane an den Negus zu tun hat. Er hat sich nun endlich aufgerafft, ihn zu schreiben.
– Davon hab ich schon zur Genüge gehört.
– Auch von meinem Vorschlag, den Brief von Monsignore Bottino diktieren zu lassen, was bei dem Duce auf Wohlgefallen gestoßen ist?
– Ja. Davon wurde mir berichtet.
– Gut. Ich konnte diesen Priester erst gestern ins Parteibüro kommen lassen, weil er eine Bronchitis hatte. Er ist neunzig Jahre alt und hat allerlei Gebrechen. Kurz, er ist mehr jenseits als diesseits.
– Nun, an Eurer Stelle würde ich keine Zeit mehr verlieren und ihn den Brief sofort übersetzen und diktieren lassen.
– Eben da liegt das Problem. Monsignor Bottino war sieben Jahre lang Missionar in Äthiopien und spricht Äthiopisch …
– Na also.
– … aber er schreibt es nicht.
– Wie, er schreibt es nicht?

– Er kann es weder lesen noch schreiben. Und er weiß auch nicht, ob er denselben Dialekt spricht wie der Prinz.
– Dort gibt es also auch Dialekte?
– Offenbar.
– Was für eine Plage, diese Dialekte!
– Der Duce will sie ja wohl abschaffen.
– Würde auch Zeit!
– Und so stecke ich in der Klemme. Oder besser, um es mit faschistischer Freimütigkeit auszudrücken, in der Scheiße. Wenn ich Seiner Exzellenz dem Außenminister sage, dass ich mich geirrt habe, nachdem der doch schon mit dem Duce darüber gesprochen hat, dann stehe ich nicht nur blöd da, sondern kriege eine gehörige Abreibung, und das zu Recht.
– Das wäre das mindeste.
– Aber wenn ich es nicht sage und der Priester diktiert dann etwas und der Scheißneger schreibt was anderes, wie soll ich das kontrollieren?
– Das ist ein echtes Problem.
– Und wenn ich es nicht kontrolliere und der schreibt wer weiß was und dann kommt es, Madonna, zu einem diplomatischen Zwischenfall?
– Dann würde Euch, fürchte ich, das Exekutionskommando blühen.
– Das sehe ich auch so. Wie würdet Ihr Euch an meiner Stelle verhalten?
– Also, als erstes würde ich in Erfahrung bringen, ob der Priester denselben Dialekt spricht wie der Prinz. Wenn sie zwei verschiedene Dialekte sprechen, seid Ihr am Arsch. Dann könnt Ihr Euch nicht aus der Affäre ziehen und müsst dem Minister alles sagen.

– Das kann ich heute noch klären. Und dann?
– Wenn sie denselben Dialekt sprechen, müsst Ihr irgend etwas Gedrucktes auf Äthiopisch finden, ein Buch, eine Zeitung, und das muss der Priester bei sich tragen, wenn er bei dem Prinzen erscheint, um ihm den Brief zu diktieren. Das Buch oder die Zeitung muss er deutlich sichtbar tragen.
– Warum denn?
– Weil der Prinz dann von vornherein denkt, dass der Priester Äthiopisch lesen kann. Und folglich wird er sich gezwungen sehen, den Brief genauso zu schreiben, wie er ihm diktiert wird, ohne auch nur ein Komma zu ändern. Und wenn er ihn fertig geschrieben hat, tut der Priester so, als würde er ihn sorgfältig noch einmal durchlesen.
– Genial!
– Auf diese Weise können wir sichergehen, dass der Prinz uns keine üblen Streiche spielt. Und vergesst nicht, den Priester gut zu präparieren!
– Ich geh sofort hin. Ihr ahnt nicht, Exzellenz, wie sehr ich Euch …
– Aber ich bitte Euch! Unter Kameraden, jederzeit!
– Ich werd's Euch nicht vergessen! Heil dem Duce!
– Heil!

VIGÀTA – POLIZEIKOMMISSARIAT
19/12/1929, 12 Uhr

– Hallo, Commissario Spera?
– Zu Befehl, Signor Questore.
– Wie ist die Lage in der Mine?
– Ruhig. Nachdem ein Priester zum Exorzieren gekommen ist und versichert hat, der Teufel sei jetzt verschwunden, sind die Bergarbeiter ordnungsgemäß wieder eingefahren.
– Glauben Sie daran?
– An Gott?
– Nein, an den Teufel.
– Hängt das nicht beides zusammen?
– Hören Sie, Spera, ich rede von diesem Teufel da in der Mine.
– Ach so, verstehe. Nein.
– Was mag da unten passiert sein, Ihrer Meinung nach?
– Wissen Sie, der Teufel ist von einem Jungen aus der Bergbauschule gesehen worden, nicht von einem Bergmann.
– Macht das einen Unterschied?
– Einen gewaltigen. Der Bergmann ist an die Tiefe, an die Dunkelheit, an den Luftmangel gewöhnt. Ein Jugendlicher, der hin und wieder hinunterfährt, nicht. Kann sein, dass ein Lichtschein oder ein Geräusch ihn erschreckt hat, und auf-

gewühlt, wie er schon war, hat er geglaubt, er sieht den Teufel.
– Oder er hat es gemacht, um Unruhe zu stiften. Die Jugendlichen …
– Nicht dieser Jugendliche. Von dem habe ich Ihnen schon berichtet. Er ist tief gläubig und absolut ernsthaft. Das ist der, der mir gesagt hat, er hätte den Prinzen beim Verkehr mit seinem deutschen Klassenkameraden gesehen, mit dem, der den Schuss auf die …
– Ja, ich erinnere mich sehr gut. Aber der andere Junge, der in der Nähe war, hat der nicht auch gesagt, dass er die Worte des Teufels gehört hat?
– Es kann ein Echo gewesen sein … Auch er war erschrokken.
– Ist der Stollen, in dem die Erscheinung stattgefunden hat, geschlossen worden?
– Ja, nach dem Exorzismus.
– Sie müssen hingehen und einen Blick hineinwerfen.
– Das ist doch lächerlich!
– Hören Sie, Spera, der Federale war bei mir.
– Was will er?
– Wir sollen in dieser Sache ermitteln.
– Warum denn?
– Weil er vermutet, dass es sich um einen Sabotageakt der Kommunisten handelt.
– Ach der! Selbst wenn der unter Verstopfung leidet, bringt er es noch fertig, zu sagen, daran sei eine kommunistische Verschwörung schuld!
– Ich bin ganz Ihrer Meinung. Aber diese Ermittlung muss durchgeführt werden.

– Hat der Federale Ihnen erklärt, warum es die Kommunisten auf die Mine Carbonella abgesehen haben sollten?
– Weil sie dem Baron Gerratana gehört, dem Vorsitzenden der Azione Cattolica.
– Was schert den Federale der Vorsitzende der Azione Cattolica?
– Sind die Kommunisten denn nicht gegen die Religion und gegen diejenigen, die sie praktizieren?
– Ja.
– Na also.

MONTELUSA – ALBERGO TRINACRIA
20/12/1929, 14 Uhr

– Ogottogottogottogottogottogottogottogottogottogotto-gottogottogottogottogott …

MONTELUSA – ALBERGO TRINACRIA
20/12/1929, 15 Uhr

– Jessesjessesjessesjessesjessesjessesjessesjessesjessesjessesjes-sesjesses …

MONTELUSA – ALBERGO TRINACRIA
20/12/1929, 16 Uhr

– Oioioioioioioioioioioioioioioioioioioioioioioioioioioioi …

Montelusa – Albergo Trinacria
20/12/1929, 17 Uhr

– Jasojasojasojasojasojasojasojasojasojasojasojasojaso …

Montelusa – Albergo Trinacria
20/12/1929, 18 Uhr

– Jajajajajajajajajajajajaja …

Montelusa – Albergo Trinacria
20/12/1929, 19 Uhr

– Weiterweiterweiterweiterweiterweiterweiterweiterweiter-weiter …

MONTELUSA – BÜRO DES POLIZEIPRÄSIDENTEN
21/12/1929, 18 Uhr

– Spera, warum wollten Sie mich sehen?
– Weil die Sache diesmal so ernst ist, dass mir nicht danach war, Ihnen zu schreiben, nicht mal vertraulich.
– O mein Gott! Geht es um den Teufel in der Mine?
– Ja.
– Erzählen Sie.
– Gestern morgen bin ich in die Mine eingefahren und habe die Holzbretter entfernen lassen, mit denen der stillgelegte Stollen abgesperrt war, der Stollen D, der Teufelsstollen, so nennen ihn jetzt die Bergleute.
– Haben Sie etwas entdeckt?
– Ja. Ich hatte schon längst die Hoffnung aufgegeben, etwas zu finden, als ich feststellte, dass sich ganz hinten im Stollen in dem Gerüst aus Balken und Brettern, mit dem das Gewölbe abgestützt wird, so etwas wie ein großes Loch gebildet hatte. Ich bin auf einen Förderhund gestiegen, der keine Räder mehr hatte, habe eine Hand hineingesteckt und zwei große Stücke raffinierten Schwefel gefunden.
– Nun ja, in einer Schwefelmine …
– Signor Questore, unter Tage ist der Schwefel noch nicht raffiniert.

– Ach ja, stimmt. Also hat ihn jemand dort hingebracht.
– Richtig. Außerdem wiesen die beiden Stücke Brandspuren auf. Sie waren erst angezündet und dann durch Reiben auf dem Boden ausgelöscht und in dem Loch versteckt worden. Und das erklärt den Schwefelgeruch, der mit der Erscheinung einherging.
– Verstehe. Also hat der Federale recht. Sabotage.
– Nein, das war keine Sabotage.
– Was denn dann?
– Rache.
– Erklären Sie mir das genauer.
– Bei näherem Hinsehen habe ich auf dem Boden außer vier abgebrannten Schwefelhölzchen auch einen verbrannten Papierfetzen entdeckt. Weil sich Schwefel nur langsam entzündet, reichten dem, der ihn zum Brennen bringen wollte, die Schwefelhölzchen nicht und er musste ein Stück Papier anzünden, und damit hat er es schließlich geschafft, den Schwefel in Brand zu setzen.
– Und das Stück Papier, was war das?
– Der Rest eines Briefes. Handgeschrieben, man sieht noch ein paar Worte, aber die Buchstaben sind nicht zu entziffern.
– Warum nicht?
– Weil es meinem Eindruck nach äthiopische Schriftzeichen sind.
– O Mist! So ein Mist!
– Daraufhin bin ich zu den Cuticchios gegangen, um mit Giovanni zu reden, der Junge, dem der Teufel erschienen ist.
– Wie geht's ihm?

– Er hat noch ein bisschen Fieber von dem Schreck. Aber er hat mir gesagt, dass er die Bergbauschule nicht länger besuchen will.
– Warum nicht?
– Weil er nicht in die Hölle kommen will, sagt er. Er bereue seinen Verrat und wolle Priester werden.
– Von was für einem Verrat redet er denn?
– Das hat er mir nicht gesagt, aber ich hab's kapiert. Ich sag's Ihnen gleich. Also, nach seinen Worten war der Teufel nackt, ganz und gar rot, hatte eine rote Kapuze auf, aus der die Hörner rausguckten, und einen Schwanz. Und er hat ihm auf lateinisch befohlen, seinen Verrat zu bereuen.
– Der Signor Principe trug also eine Art rote Strumpfhose.
– Genau. Und darüber trug er seine Sachen. Die brauchte er nur auszuziehen und schon sah er aus wie der Teufel.
– Aber die Hörner und der Schwanz?
– Wie ich erfahren habe, war er an dem Morgen mit einem Köfferchen in die Mine gekommen. Also hat er sich, nachdem er den armen Cuticchio erschreckt hatte, schnell wieder angezogen und das allgemeine Durcheinander genutzt, um sich wieder unter seine Kameraden zu mischen.
– Schlau, zweifellos. Aber sagen Sie mir jetzt, wofür er sich rächen wollte?
– Er muss herausbekommen haben, ich weiß nicht wie, dass Cuticchio mit mir gesprochen und mir die Sache mit ihm und Müller erzählt hat.
– Kurz und gut, wir sind jetzt sicher, dass es der Prinz war, der diesen ganzen Schlamassel angerichtet hat!
– Wissen Sie, Signor Questore, er hatte auch einen Komplizen.

– Den Jungen, der mit ihm in dem Stollen war?
– Nein, Marchica, der Junge, hat nichts damit zu tun.
– Wer denn dann?
– Gleich. Ich habe mir gesagt, so was kann nicht improvisiert gewesen sein. Ich habe herumgefragt und erfahren, dass die Schüler zweimal in diesem Stollen gewesen sind. Also wusste der Prinz schon, welches der ideale Ort war, als er auf die Idee kam, sich als Teufel zu verkleiden.
– Ja, aber das konnte er doch allein machen, dazu brauchte er keine Komplizen.
– Signor Questore, die Erscheinung fand in einem stillgelegten Stollen statt.
– Und was heißt das?
– Es heißt, dass Cuticchio keinen Grund hatte, dort hinzugehen, wenn er nicht eigens hingeschickt worden war.
– Und wer hat ihn geschickt?
– Professore De Vita.
– Was sagen Sie da? Ein Lehrer? Komplize eines solchen Schurkenstreichs? Welchen Grund könnte er denn gehabt haben, so etwas …
– Auch er wollte sich rächen.
– An Cuticchio?
– An dessen Vater.
– Und warum?
– Schauen Sie, Professore De Vita musste als Schatzmeister an der Kathedrale zurücktreten, weil ausgerechnet Cuticchios Vater ihn der Veruntreuung bezichtigt hat. Offensichtlich hat der Prinz, der mir in mancher Hinsicht einen diabolischen Eindruck macht, entdeckt, dass zwischen Professore De Vita und dem Schüler Cuticchio böses Blut

herrscht. Deshalb ist er der Sache auf den Grund gegangen und …

– … hat den Professore überredet, sein Komplize zu sein. Und was machen wir jetzt?

– Das wollte ich Sie fragen, Signor Questore.

– Hören Sie, Spera. Wenn wir weitermachen, lösen wir einen Riesenskandal aus, der alles zum Platzen bringen würde, den Brief an den Negus, das Treffen mit dem Duce und den Ras … Hier und heute sind uns die Hände gebunden. Lassen wir es vorläufig dabei bewenden. Schließlich ist der Teufel doch aus der Mine verschwunden, oder?

VIGÀTA – SCHLAFZIMMER WOHNUNG BUTTICÈ

23/12/1929, 20 Uhr

– Carmelì, wo steckst du? Wieso ist der Tisch noch nicht gedeckt?
– Ich schlafe, Pippì.
– Du hast dich hingelegt? Ist dir nicht gut? Nein, bleib liegen, warum stehst du auf?
– Ich geh und mach dir was zu essen.
– Lass doch! Wenn dir nicht gut ist, dann steh doch nicht auf, ich mach mir ein bisschen Pasta. Was hast du denn, Kopfweh?
– Nein.
– Bauchweh?
– Nein.
– Darf man erfahren, was du hast?
– Eine finstre Neuigkeit.
– Ist jemand gestorben?
– Nein, gestorben ist niemand.
– Und Michilina, wieso ist sie noch nicht da?
– Weil sie heut abend … also, na ja … sie hat gesagt, weil… sie muss die Zensuren machen und da wird es spät … und deshalb … also da schläft sie heut nacht bei ihrer Freundin Adele.

– Carmelì, wie viele Jahre sind wir verheiratet?
– Weißt du's nicht, Pippì? Zweiunddreißig Jahre.
– Und du meinst, nach zweiunddreißig Jahren, die ich mit dir zusammen bin, kapier ich immer noch nicht, wann du mich anschwindelst? Los, sag mir die Wahrheit.
– Willst du es wirklich wissen?
– Aber klar doch!
– Besser, du setzt dich erstmal aufs Bett hin.
– Sowas Schlimmes ist es?
– Das Schlimmste, was du dir vorstellen kannst.
– Scheiße!
– Red nicht so unanständig!
– Also, rückst du jetzt mit der Sprache raus oder nicht?
– Michilina … ich hab sie rausgeschmissen!
– Was war denn? Habt ihr euch gezankt?
– Ja.
– Und warum?
– Weil … sie hat sich verlobt.
– Sie hat sich verlobt? Michilina?! Wie denn das? Die angelt sich einen Mann und du bläst Trübsal? Da möcht ich doch lieber tanzen, auch ohne Musik! Das ist ja eine phantastische Neuigkeit! Ein Dreier im Lotto ist das! Ach, was sag ich, ein Dreier? Ein Fünfer! Und wer ist der Bräutigam?
– Das ist es ja! Gaetanu Prestifilippo!
– Gaetanu?! Gaetanu Prestifilippo? Der Dichter?
– *Sissignura!* Genau der! Dieser scheintote Greis, wo schon mit einem Fuß im Grabe steht! Dieser grässliche Kerl, dem die Vorderzähne fehlen!
– Nur einer fehlt ihm, Carmelì! Übertreib nicht! Er setzt sich ein Gebiss ein und schon sieht man gar nichts mehr.

– Ein Witwer mit einer Tochter! Und mit dem lässt sie sich ein, die Michilina! Sowas Schamloses! Sowas Ehrloses! Oder sie ist völlig durchgedreht! Wie kann man bloß, sag ich, wie kann man sich bloß einen anheiraten, der zwanzig Jahre älter ist! Einen, wo schon Großvater werden könnt!
– Vater höchstens!
– Kommt aufs selbe raus! Heilige Maria, was für eine Schande! Ich mag gar nicht mehr aus dem Haus gehen! Stell dir vor, wie sich die Leute amüsieren. Alle werden sich über uns lustigmachen! Da lacht doch der ganze Ort hinter unserm Rücken! *Nossignura*, ich setz keinen Schritt mehr vor die Tür! Nicht mal, wenn sie mir die Carabinieri schicken! Ich lass mich hier begraben!
– Beruhige dich, Carmelì, beruhige dich! Sicher, es ist nicht der schwarze Prinz, den du als Ehemann für sie wolltest. Aber überleg doch mal, Carmelì. Wen konnte unsere Tochter denn schon kriegen? Siehst du denn nicht, wie hässlich sie ist, die Ärmste?
– Ach hör doch auf, von wegen hässlich! Sie ist nicht schön, sie hat dunkle Haut, aber nett ist sie allemal!
– Schon gut, schon gut. Aber bedenk doch, Gaetano Prestifilippo ist ein rechtschaffener Mensch, ehrlich und anständig, ohne Laster, Gemeindeangestellter, und wenn er stirbt, hinterlässt er unserer Tochter eine Pension … Was du da für eine Tragödie draus machst, ich für mein Teil seh das überhaupt nicht so.

MONTELUSA – BÜRO DES POLIZEIPRÄSIDENTEN
25/12/1929, 9 Uhr

– Signor Questore, ich möchte Ihnen und Ihrer Familie von ganzem Herzen fröhliche Weihnachten wünschen.
– Das wünsche ich Ihnen auch, Spera.
– Signor Questore, ich weiß, es ist Weihnachten und das Vorzimmer sitzt voller Leute, die Ihnen Ihre guten Wünsche überbringen wollen, aber ich muss Sie persönlich sprechen, gewähren Sie mir fünf Minuten.
– Wollen Sie wirklich heute mit mir über die Arbeit sprechen? An Weihnachten?
– Leider ja.
– Gibt's was Neues?
– Ja. Und das macht mir ziemliche Sorgen.
– Na gut, sagen Sie schon.
– Erinnern Sie sich an diesen Rainer Müller, den armen Tropf, der die junge Antonietta Prestifilippo erschießen wollte und anschließend einen Suizidversuch unternommen hat, und zwar diesmal ernsthaft?
– Ja, sicher erinnere ich mich.
– Gut. Vor vier Tagen wurde Müller aus dem Krankenhaus entlassen und ins Gefängnis gebracht. Ich habe gewartet, bis er ein paar Nächte in der Zelle hinter sich hatte, dann bin

ich hingegangen und habe ihn verhört. Wie vorauszusehen, genügten zwei, drei Nächte, um ihn weichzumachen. Er hat mir gestanden, was ich vermutet hatte, nämlich dass er in den Prinzen verliebt war, dass er mehrfach und gegen üppige Bezahlung intime Beziehungen mit ihm gehabt hat und dass er wahnsinnig eifersüchtig auf die Prestifilippo war.

– Wussten wir das denn nicht schon alles?

– Ja, aber hat er mir einen Satz gesagt, der mich nicht nur überrascht hat, sondern der ein anderes Licht auf die ganze Sache wirft.

– Was hat er Ihnen gesagt?

– «Er hat mich auf die Idee gebracht.»

– Entschuldigung, wer ist er?

– Der Prinz.

– Der Prinz hat Müller dazu angestiftet, seine Verlobte, Geliebte, was auch immer, umzubringen?

– Hören Sie zu, ich erzähle weiter. Daraufhin habe ich Müller gebeten, mir den Sinn dieses Satzes zu erklären. Und Müller hat mir verraten, der Prinz habe einen Tag nachdem er, Müller, ihm eine große Eifersuchtsszene gemacht hatte, am Ende die folgenden Worte gesagt: «Wenn du unter dieser Geschichte so leidest, dann klau deinem Vater den Revolver, stell dich am Gymnasium auf die Lauer, und wenn du Ninetta rauskommen siehst, dann erschießt du sie.»

– Vielleicht hat er das im Spaß gesagt.

– Glauben Sie? Tatsache ist, dass Müller danach sorgfältig ausführte, was der Prinz ihm vorgeschlagen hatte.

– Aber vielleicht, ich wiederhole mich, hat er das nur so gesagt.

– Ich glaube, er hat es genau so gemeint.

– Wie auch immer, das reicht nicht aus, um ihn der Anstiftung zum Totschlag zu beschuldigen. Wobei zudem immer zu bedenken ist, dass diesem Prinzen, so wie die Dinge heute liegen, alles verziehen würde, selbst ein Verbrechen.
– Müller hat auch noch gesagt, nachdem dieser Satz gefallen war, habe der Prinz jedesmal, wenn er ihn in den Schulkorridoren traf, Daumen und Zeigefinger ausgestreckt wie eine Waffe und ihn gefragt: «Wann entschließt du dich?»
– Gut, aber damit sind wir immer noch am selben Punkt.
– Doch dann hat der Prinz ihm etwas gegeben, was den Müller schließlich dazu brachte zu schießen.
– Nämlich?
– Nachdem er die übliche Geste mit der Hand gemacht und ihm die übliche Frage gestellt hatte, hat er ein getragenes Damenhöschen aus der Tasche gezogen und es ihm lachend ins Gesicht geworfen. Da ist Müller völlig durchgedreht.
– Wohnt denn der Prinz nicht im Hause Prestifilippo? Dann kann er das Höschen doch ganz einfach gestohlen haben!
– Aber ich habe doch den Beweis, dass die beiden ein Paar sind! Die Aussage des Ehepaars, das nebenan wohnt, ist …
– Spera, wenn ich sage, er könnte das Höschen geklaut haben, stelle ich mir doch nur vor, was ein Verteidiger sagen würde! Verstehen Sie? Warum machen Sie sich solche Sorgen? Denken Sie, der Prinz könnte noch einmal versuchen, sie umzubringen oder umbringen zu lassen?
– Ich mache mir Sorgen um den Prinzen.
– O Gott! Warum?
– Weil ich befürchte, dass früher oder später Antonietta Prestifilippo den Prinzen umbringen wird. Oder es wenigstens versuchen wird.

– Sie verderben mir den Tag, Spera! Müller ist im Gefängnis! Der Prinz kann keinen Umgang mehr mit ihm haben. Oder befürchten Sie, der Prinz könnte ein neues Techtelmechtel mit einem anderen Schulgefährten anfangen?
– Signor Questore, Gaetano Prestifilippo hat sich verlobt. Und er wird heiraten, sobald die Papiere fertig sind.
– Antoniettas Vater? Was hat das beides miteinander zu tun? Und außerdem, ist Prestifilippo nicht Witwer? Was ist daran so sonderbar?
– Das Sonderbare daran ist, dass Prestifilippo, ein naiver Mensch, der mit dem Kopf in den Wolken schwebt, selbst überall herumerzählt, seine Verlobte habe er durch den Prinzen kennengelernt.
– Mein Gott! Muss sich denn dieser Prinz ständig in die Angelegenheiten anderer Leute einmischen? Wer ist denn die Verlobte?
– Sie heißt Michelina Butticè und ist die Tochter des Schulsekretärs an der Bergbauschule, sie ist neunundzwanzig, das heißt zwanzig Jahre jünger als der Prestifilippo, und Italienischlehrerin. Eine Frau mit sehr fortschrittlichen Ansichten.
– In welchem Sinn?
– Sie ist für die Gleichberechtigung von Mann und Frau.
– Flausen also. Gott sei Dank, ich hatte schon befürchtet, fortschrittliche politische Ansichten. Hübsches Mädchen?
– Das würde ich wirklich nicht behaupten.
– Um so besser. Dann wird sie nicht den Appetit des Prinzen reizen.
– Meinen Sie? Michelina Butticè sieht wirklich aus wie eine Negerin. Als Schönheit könnte sie vielleicht nur in Äthiopien gelten.

– Eben. Daran sehen Sie ja, dass …O mein Gott! Um Himmels willen! Sie denken, dass … O mein Gott! Sagen Sie mir, was Sie im Kopf haben! Ich wage nicht einmal, mir das vorzustellen! O heilige Muttergottes, was für eine Katastrophe!
– Leider glaube ich, die Dinge liegen tatsächlich so, wie Sie es sich auch ausmalen. Mit Sicherheit hat sich der Prinz wahnsinnig in Michelina verliebt. Vielleicht hat er sie bei der Feier zur Eröffnung des Schuljahrs gesehen. Oder bei anderer Gelegenheit. Jedenfalls hat er sich verliebt. Und daraufhin hat er die Ermordung Ninettas organisiert.
– Aber warum musste er so weit gehen?
– Vielleicht pflegt man da, wo er herkommt, der neuen Braut als Liebespfand den Kopf der Verflossenen zum Geschenk zu machen.
– Ach was, Spera, wie hätte er denn der Leiche den Kopf abschlagen sollen?
– Ich meinte es im übertragenen Sinn, Signor Questore. Wenn die Ermordung Ninettas geklappt hätte, hätte er sich auf einen Schlag von dem männlichen und von der weiblichen Geliebten befreit. Der eine im Knast, die andere tot. Aber weil es ihm nur halb gelungen ist, hat er das Hindernis beseitigt, indem er dafür sorgte, dass sich Michelina mit Ninettas Vater verlobt. So hat er Michelina alle Tage zu Hause. Und alle Nächte. In Reichweite sozusagen.
– Trotzdem frage ich mich: Wäre es nicht einfacher für ihn gewesen, die Beziehung mit Ninetta abzubrechen und sich statt dessen mit Michelina zusammenzutun?
– Das hätte im Ort einen Skandal gegeben. Und in diesem speziellen Augenblick, das weiß er nur zu gut, könnte er durch einen Skandal das Geld verlieren, das er sowohl mit

dem Schreiben des Briefes an den Negus als auch mit dem Treffen der Ras verdienen wird.
– Und deshalb befürchten Sie, dass Ninetta, sobald sie das Verhältnis des Prinzen mit ihrer zukünftigen Stiefmutter entdeckt, zur Tat schreiten könnte?
– Genau.
– Spera, wissen Sie was? Wir verbinden uns den Kopf, bevor er uns eingeschlagen wird.
– Das habe ich nicht verstanden.
– Sie sagten gerade, dass der Prestifilippo und die Butticè heiraten werden, sobald die Papiere fertig sind. Richtig? Also steht zu vermuten, dass mindestens zwei Monate ins Land gehen. Dann wird der Prinz lange genug Gelegenheit haben, den Brief zu schreiben und nach Rom zu fahren, bevor es zu der befürchteten Tragödie kommen kann. Wenn Ninetta ihn dann erschießt oder vergiftet, kann uns das wurscht sein. Dann kann er uns endlich nicht länger auf den Sack gehen, dieser Schwanz von einem kriminellen Neger. Warum schütteln Sie den Kopf?
– Weil Michelina von ihrer Mutter aus dem Haus gejagt wurde und zu Prestifilippo gezogen ist.
– O mein Gott, das hat gerade noch gefehlt! Was kann man da machen?
– Wir könnten die Butticè verhaften. Damit sie für eine Weile nicht mit dem Prinzen unter einem Dach wohnt.
– Und unter welchem Vorwand wollen Sie sie verhaften?
– Ich habe genügend Phantasie, Signor Questore.
– Gut, dann verhaften Sie sie. Nein! Moment! Wenn sich nun der Prinz auf die Hinterbeine stellt? Wenn er sich weigert, das zu tun, was von ihm verlangt wird, ehe die Butticè

nicht wieder auf freiem Fuß ist? Zu riskant, dabei würden wir den kürzeren ziehen.

– Also, dann verhaften wir Ninetta Prestifilippo. Wir würden die Tragödie vermeiden, und der Prinz würde nicht nur nicht dagegen protestieren, sondern sogar froh sein, mit Michelina freie Bahn zu haben.

– Nein, das geht nicht, Spera.

– Warum nicht?

– Weil der Prinz trotzdem protestieren würde. Und sei es nur pro forma, weil es sich um seine Verlobte oder Quasiverlobte handelt.

– Also, was machen wir?

– Vereinen wir uns im Gebet. Bitten wir das Christkind, uns das, was wir befürchten, zu ersparen. Oder kreuzen wir die Finger, um das Unglück abzuwenden. Alles Gute, lieber Spera.

– Gleichfalls, Signor Questore.

VERMISCHTES

CLUB DER ADLIGEN IN MONTELUSA

DER PRÄSIDENT

An den Herrn Polizeipräsidenten von Montelusa

Montelusa, 27. Dezember 1929

Signor Questore,

ich halte es für meine Pflicht, Euch mitzuteilen, was heute am 27. Dezember nachmittags während der Versammlung zur Aufnahme der neuen Mitglieder vorgefallen ist. Bereits im November hatte der Prinz Grhane Solassie Mbssa dem Club einen Aufnahmeantrag mit entsprechenden Unterlagen eingereicht, und nach sorgfältiger Prüfung aller vom äthiopischen Botschafter in Italien gegengezeichneten Papiere konnte der Vorstand nicht umhin, vorbehaltlich der Zustimmung oder Ablehnung durch die Herren Mitglieder den Antrag anzunehmen.

Heute nachmittag gleich nach Eröffnung der Diskussion beliebte nun Don Gesualdo Trincanato, Fürst von Sommatino und Vizepräsident des Clubs, eine Erklärung abzugeben, in der er seinen sofortigen Austritt aus dem Club ankündigte, sollte das Aufnahmegesuch des Prinzen angenommen werden.

Aufgefordert, den Grund einer derartig entschiedenen Stellungnahme zu erläutern, verließ der Fürst sichtbar erregt die Versammlung. Daraufhin berichtete uns Don Luigi Ernestino, Marchese della Specola, von einem Zwischenfall am 23. Dezember, bei dem er als Zeuge zugegen war, zwischen dem Prinzen Solassie und Don Gesualdo Trincanato in dem von Commendatore Farinella geführten Fechtsaal auf dem Corso Roma. Der Prinz Solassie saß im Umkleideraum und war gerade dabei, sich die Schuhe zuzuschnüren, als Don Gesualdo Trincanato hereinkam und, da er ihn nicht kannte, auf ihn zuging und sich mit einer Verbeugung vorstellte:

«Ich bin Fürst von Sommatino.»

Worauf der Prinz Solassie, sich weiter die Schuhe zubindend, entgegnete, er sei Prinz Grhane Solassie Mbssa.

Sichtlich verärgert erwiderte Don Gesualdo:

«In meinem Land pflegt man sich zu erheben, wenn der Fürst von Sommatino hereinkommt.»

Darauf der andere:

«In meinem Land dagegen pflegt man auf Knien mit mir zu sprechen. Deshalb bitte ich Sie, sich in diese Haltung zu begeben. Ich bin ein direkter Nachkomme des Königs Salomo.»

Der Marchese della Specola verhinderte durch sein Eingreifen, dass der Vorfall schlimmere Formen annahm.

Leider wurde in der Abstimmung das Aufnahmegesuch des Prinzen Solassie positiv beschieden. Als er dies erfuhr, trat der Fürst von Sommatino trotz unserer Bemühungen, ihn umzustimmen, zurück und verließ den Club, wobei er die Absicht äußerte, dem Prinzen Solassie die Sekundanten zu schicken.

Da ich ihn gut kenne, bin ich sicher, dass Don Gesualdo Trincanato seine Drohung wahrmachen wird.

Es wäre gut, den Skandal zu vermeiden, den ein Duell hervorrufen könnte, zumal ein solches in der vom Duce gewünschten Kultur der Revolution absolut verboten ist.

Faschistische Grüße

DER PRÄSIDENT

Don Filippo Maria Giallombardo
Duca del Montarozzo

Sigore colonello der königlichen carrabinieri warum schiken sie nicht morgen frü um 7 eine patrullje und sehen nach was im landhaus von baron attanasio pasiert? Es befindet sich in contrada passero bei Montelusa.

Womöglich erlebt ihr eine schöne überraschung

ein freund

PROVINZKOMMANDO DER KÖNIGLICHEN CARABINIERI MONTELUSA

An den Kommandierenden General der Königlichen Carabinieri – Rom

Eilphonogramm
Streng vertraulich

Montelusa, 29. Dezember 1929 – 9 Uhr

Heute morgen um sieben Uhr hat eine unserer Patrouillen im Hof des Landhauses von Baron Don Lucio Fulco Attanasio in der Contrada Passero, Montelusa, ein im Gange befindliches Duell überrascht. Beim Eintreffen unserer Patrouille ergriffen alle Anwesenden die Flucht mit Ausnahme der beiden Duellanten, die weiter mit dem Säbel kämpften. Nach Festnahme und Überführung in unsere Dienststelle wurden sie identifiziert. Es handelt sich um den Prinzen Grhane Solassie Mbssa, äthiopische Nationalität, Neffe des Negus Haile Selassie, und den Fürsten von Sommatino, Don Gesualdo Trincanato. Der Prinz Solassie trug eine Verletzung an den Fingern der rechten Hand davon, die ihm nicht von Fürst Sommatino beigebracht wurde, sondern die der

Prinz Solassie sich selbst zugefügt hat, als er, abgelenkt durch das Erscheinen der Patrouille, seinen eigenen Säbel an der Klinge ergriff. Auf meinen Vorschlag hin, sie sollten sich zum Zeichen der Versöhnung die Hand reichen, weigerte sich Fürst Sommatino entschieden. In Erwartung Eurer Anweisungen habe ich noch keine Klage gegen die beiden eingereicht. Zu Eurer Kenntnis weise ich darauf hin, dass die Nachricht über das Geschehene keinesfalls an die Öffentlichkeit gelangen wird.

DER KOMMANDIERENDE GENERAL
Giancarlo Dusmet

OBERKOMMANDO DER KÖNIGLICHEN CARABINIERI

An Oberst Giancarlo Dusmet
Provinzkommando Kngl. Carab.
Montelusa

Eilphonogramm
Streng vertraulich

Rom, 29. Dezember 1929 – 10 Uhr

Vorausschickend, dass Ihr persönlich zur Verantwortung gezogen werdet, falls eine Nachricht über das Duell durchsickern sollte, befehle ich Euch, den Fürsten von Sommatino und den Prinzen Solassie sofort freizulassen unter der Auflage, niemandem gegenüber das Geschehene zu erwähnen, bei Strafe sofortiger Verhaftung.

für den KOMMANDIERENDEN GENERAL
(Oberst Pericle Baranotti)

SERVIZIO DI STATO

TELEGRAMM

von: Michele Fortis
Generaldirektion der Polizei Rom
an: Felice Matarazzo
Präfekt von Montelusa
Datum: 29. Dezember 1929
Uhrzeit: 12.10

Mit datum von heute wollen sie bitte sofortige verbringung von gesualdo trincanato fürst von sommatino an zwangswohnort veranlassen stop wiederhole sofortige verbringung stop für dauer der praktischen durchführung ist trincanato nach erhalt dieses telegramms unter hausarrest zu stellen stop jegliche kommunikation ist ihm verboten auch mit familienangehörigen stop michele fortis generaldirektion der polizei rom

KÖNIGLICHES POLIZEIKOMMISSARIAT
VON VIGÀTA

Protokoll Nummer:
Betreff:

An Commendatore Filiberto Mannarino
Polizeipräsident von
Montelusa

Streng vertraulich

Vigàta, 30. Dezember 1929

Signor Questore,

Sie beschuldigen mich der groben Fahrlässigkeit, weil ich Ihre Empfehlung, den Prinzen Grhane Solassie unter strenger Kontrolle zu halten, um ihn an einem möglichen Duell mit Fürst Sommatino zu hindern, vollkommen vernachlässigt und mein Handeln mit Mangel an zur Verfügung stehendem Personal gerechtfertigt hätte. Ferner werfen Sie mir vor, durch meine Fahrlässigkeit habe die Arma der Carabinieri, die sich Ihrer Behauptung nach bei dieser Angelegenheit als sehr viel schneller und brillanter erwiesen habe als wir, einen Punkt erzielt.

Wie man dem mündlichen Bericht des Brigadiere der Kngl. Carab. Pompucci, der in den Hof des Landhauses eindrang und die beiden Duellanten festnahm, entnehmen kann, zog die Patrouille dort nur zufällig vorüber. Ich bin in der Lage, die Behauptung des Brigadiere Pompucci eindeutig zu widerlegen.

Die Patrouille befand sich nicht zufällig dort, sondern war vom Provinzkommandanten der Arma, Oberst Giancarlo Dusmet, eigens dorthin beordert worden, nachdem er einen anonymen Brief erhalten hatte, in dem er aufgefordert wurde, eine Patrouille zum Landhaus von Don Lucio Fulco Attanasio in der Contrada Passero zu schicken.

Wenn Sie mich fragen, woher ich von diesem anonymen Brief weiß und dessen Inhalt kenne, antworte ich in aller Offenheit und absoluter Vertraulichkeit, er wurde geschrieben und geschickt vom Unterzeichneten, Polizeikommissar Giacomo Spera.

Ich bin bereit, alle Maßnahmen widerspruchslos zu akzeptieren, die Sie wegen dieser schwerwiegenden Inkorrektheit mir gegenüber zu ergreifen wünschen, aber glauben Sie mir, ich bin es leid mit diesem Prinzen Grhane und den Scherereien, die er uns jeden Tag bereitet.

Außerdem verfügt unser Kommissariat wirklich nicht über genügend Männer, um diesen Wirbelwind zu verfolgen, der auf seinem Weg Trümmer und Schäden hinterlässt.

Ich hätte ihn höchstpersönlich verfolgen können und müssen, hielt das aber wirklich nicht für angebracht.

Als ich die Nachricht von dem möglichen Duell erhielt, war ich versucht, keinen Finger zu seiner Verhinderung zu rühren.

Und ich sage Ihnen noch etwas. Weil ich weiß, dass Don Gesualdo Trincanato im Ruf steht, ein furchterregender Haudegen zu sein, hoffte ich einen Moment lang, er könne die Ursache aller unserer derzeitigen Probleme aus der Welt schaffen. Ich überlegte mir aber auch, falls der Prinz unserer Überwachung entkommen sollte, um sich zu schlagen, würden wir, wie auch immer das Duell ausginge, die allergrößten Schwierigkeiten bekommen. Also beschloss ich, zweierlei zu tun: Ihnen eine dienstliche Mitteilung zukommen zu lassen, in der ich erklärte, es sei nicht möglich, den empfangenen Befehl auszuführen, was Sie von jeder Verantwortung entlastete, und zum anderen den Kngl. Carab. einen anonymen Brief zu schicken.

Ich habe, salopp gesagt, den Ball weitergegeben.

Ich muss einräumen, dass Oberst Dusmet, ahnend, dass das Eisen heiß war, es nicht einmal berührt und dafür gesorgt hat, dass niemand Wind von der Sache bekam.

Das ist alles.

Ich sage noch einmal, ich stehe weiterhin zu Ihrer vollen Verfügung.

Schließlich möchte ich Sie noch auf die absolute Unhaltbarkeit eines von Brigadiere Pompucci berichteten Details hinweisen, demzufolge dem Prinzen Grhane bei Eintreffen der Patrouille vor Überraschung der Säbel aus der Hand gefallen sei, er ihn dann beim Aufheben an der Klinge gegriffen und sich dadurch an den Fingern der rechten Hand verletzt habe.

Das kann niemandem passieren, nicht einmal jemandem, der noch nie Umgang mit Schwert und Säbel gehabt hat. Rein instinktiv ergreift man einen Säbel nicht an der Klinge, und selbst wenn das passiert, drückt man die Klinge nicht so fest, dass man sich verletzt.

Ich bin vielmehr überzeugt, dass der Prinz, der so schnelle Reflexe hat wie ein wildes Tier, flugs die Gelegenheit ergriffen hat, sich eine Verletzung beizubringen, die auf jedermann plausibel wirkt.

Mit der verbundenen Rechten ist er jetzt außerstande, den Brief an seinen Onkel, den Negus, zu schreiben.

Ich bin gespannt, wie er dieses Missgeschick zu nutzen wissen wird. Die Leute in Vigàta amüsieren sich indessen köstlich: Gaetano Prestifilippo, der mit seiner Verlobten Michelina Butticè daherspaziert, gefolgt vom Prinzen Grhane mit Ninetta Prestifilippo am Arm, das ist ein komisches Schauspiel, welches viele zum Lachen bringt.

Ich hoffe nur, es bringt uns nicht zum Weinen.

Ergebenst

DER POLIZEIKOMMISSAR VON VIGÀTA
(*Giacomo Spera*)

SERVIZIO DI STATO

TELEGRAMM

von: Arnaldo Caccialupi
Föderationssekretär Montelusa
an: Corrado Perciavalle
Ministerium des Äußeren Rom
Datum: 31. Dezember 1929
Uhrzeit: 12.28

Beantworte postwendend euer am vormittag eingegangenes telegramm stop prinz grhane momentan mit rechter hand schreibunfähig wegen fingerverletzung durch benutzung eines küchenmessers stop nach ärztlicher meinung hand frühestens in einer woche wieder einsatzbereit stop auf bemerkung des unterzeichneten wenn er sich mühe gebe könne er vielleicht schreiben antwortete er seine schrift könnte gefälscht aussehen stop prinz schlägt vor brief hier in vigàta zu schreiben sobald er dazu imstande ist und ihn bei bevorstehendem treffen mit den ras einem der beiden anzuvertrauen zwecks persönlicher übergabe an negus bei rückkehr nach äthiopien stop er versichert in anbetracht des zustands der post in seinem land würde der brief auf diese weise mit sicherheit adressaten erreichen stop erwarte anweisungen stop faschistische grüße stop arnaldo caccialupi föderationssekretär montelusa

SERVIZIO DI STATO

TELEGRAMM

von: Corrado Perciavalle
Ministerium des Äußeren Rom
an: Arnaldo Caccialupi
Föderationssekretär Montelusa
Datum: 31. Dezember 1929
Uhrzeit: 14

Ich habe die pflicht, euch zu berichten, dass sich seine exzellenz benito mussolini im gespräch mit seiner exzellenz dem außenminister gestern sehr verärgert zeigte wegen verzögerung der absendung des briefes prinz an onkel stop vorschlag des prinzen brief einem der beiden ras auszuhändigen kann bei diesem stand der dinge dem duce nicht unterbreitet werden stop brief est unbedingt bis zum 3. Januar abzuschikken stop wenn bis dahin brief nicht abgeschickt beabsichtigt duce strenge maßnahmen gegen alle die zu vorschriftsmäßiger ausführung seiner befehle nicht imstande waren stop faschistische grüße stop corrado perciavalle ministerium des äußeren rom

SERVIZIO DI STATO

TELEGRAMM

von: Arnaldo Caccialupi
Föderationssekretär Montelusa
an: Corrado Perciavalle
Ministerium des Äußeren Rom
Datum: 31. Dezember 1929
Uhrzeit: 19.20

Prinz vor 4. januar nicht zum briefschreiben bereit weist darauf hin dass erforderliche anstrengung um verletzungsbedingten eindruck der schriftfälschung zu vermeiden schwerwiegende folgen für künftigen gebrauch rechter hand haben könnte stop verlangt deshalb präventive entschädigung von 20 000 (zwanzigtausend) lire inklusive schreiben des briefes stop beharrt außerdem auf ursprünglicher forderung 30 000 (dreißigtausend) lire als entschädigung für herabsetzung seiner würde sofern er nach rom fährt und nicht die ras zu ihm kommen.

Fordert auszahlung beider beträge insgesamt 50 000 (fünfzigtausend) lire im voraus in bar vor inangriffnahme des briefes stop erwarte eure entscheidung stop faschistische grüße stop arnaldo caccialupi föderationssekretär montelusa

SERVIZIO DI STATO

TELEGRAMM

von: Corrado Perciavalle
Ministerium des Äußeren Rom
an: Arnaldo Caccialupi
Föderationssekretär Montelusa
Datum: 31. Dezember 1929
Uhrzeit: 21

Damit diese lange geschichte schnellstmöglich ein ende findet seid ihr ermächtigt prinz im voraus und in bar summe von 50 000 (fünfzigtausend) lire auszuzahlen stop wir akzeptieren auch terminverschiebung vorausgesetzt es werden keine weiteren verlangt die wären auf keinen fall mehr konzedierbar stop denkt an vereinbarte modalitäten für briefversand die ich nochmals resümiere stop punkt eins sobald prinz mit briefschreiben beginnt benachrichtigt ihr telefonisch polizeipräsidenten ohne dass prinz euch hören kann stop sobald prinz brief beendet und briefumschlag mit adresse versehen bringt er selbst ihn zum postamt in vigàta in begleitung eines kameraden mit zuverlässiger faschistischer gesinnung der sich vergewissert dass brief postangestelltem übergeben wird stop beachtung beider punkte wesentlich stop faschistische grüße stop corrado perciavalle ministerium des äußeren rom

†

BISCHÖFLICHE KANZLEI MONTELUSA

An S.E. Felice Matarazzo
Präfekt von
Montelusa

Montelusa, 3. Januar 1930

Exzellenz,

wir betrachten es als unsere Pflicht, Euch über eine soeben eingetroffene Nachricht in Kenntnis zu setzen, welche, wenn sie bekannt wird, Störungen und Unannehmlichkeiten in den freundschaftlichen Beziehungen hervorrufen könnte, die, wie unser väterliches Ohr verschiedentlich vernommen hat, die höchsten Amtsträger der Provinz mit dem äthiopischen Prinzen Grhane Solassie Mbssa unterhalten, welcher Gegenstand eines unmittelbar von S. E. Benito Mussolini stammenden großen politischen Plans ist, der sich seinerseits nur von einem umfassenderen Göttlichen Plan herleiten kann. Denn nach unserem Dafürhalten ist S. E. Benito Mussolini in allen seinen Gedanken und Werken unmittelbar von der Göttlichen Vorsehung inspiriert.

Hat es nicht so der Heilige Vater erklärt?

Wir teilen Euch daher mit, dass sich Anfang Dezember des soeben vergangenen Jahres die junge Antonietta Prestifilippo, Tochter des Gaetano, an den Pfarrer der Kirche San Gerlando in Vigàta, Don Saverio Lopane, gewandt hat, um sich nach den erforderlichen Unterlagen für eine kirchliche Trauung mit ihrem Verlobten, dem Prinzen Grhane Solassie Mbssa, zu erkundigen, der sich zur koptischen Religion bekennt.

Da der Pfarrer sich nicht in der Lage sah, die Anfrage zu beantworten, hat er sich an unsere Kanzlei gewandt, um die entsprechende Aufklärung zu erhalten. Unserer Kanzlei ist es nach vielen Widrigkeiten gelungen, sich telefonisch mit Don Drahin Khuba, Pfarrer an der katholischen Kirche in Addis Abeba, in Verbindung zu setzen, um ihn zu fragen, ob er dort schon jemals eine koptisch-katholisch gemischte Trauung zelebriert habe, und falls ja, wie der Ablauf des Heiligen Ritus sei.

Nun denn, aus dem Antwortschreiben des Don Khuba, das wir soeben erhielten, haben wir zu unserem großen Befremden erfahren, dass der Prinz Grhane Solassie Mbssa im Alter von kaum fünfzehn Jahren, was dortzulande offenbar für Männer das erlaubte Mindestalter für eine Eheschließung ist, bereits vollgültig geheiratet hat, und zwar die dreizehnjährige Tochter des mächtigen Ras Makonnen, der dank dieser Heirat vom früheren Gegner des Negus zu seinem Verbündeten geworden ist.

Don Khuba hat Wert darauf gelegt zu präzisieren, besagte Ehe sei kein lediglich formaler Akt gewesen, sondern ordnungsgemäß geschlossen und ebenso ordnungsgemäß vollzogen worden, und tatsächlich lebe die Tochter des Ras als Ehefrau im Palast der Familie Solassie bei den Eltern des Prinzen.

Zudem hat Don Khuba uns darauf hingewiesen, dass eine weitere Vermählung auf keinen Fall stattfinden könne, da die koptische Religion ebenso wie die unsrige weder dem Mann mehr als eine Frau noch der Frau mehrere Männer gestatte und die ehelichen Bande gleichermaßen unauflöslich seien.

Die Vorsicht hat es uns angeraten erscheinen lassen, Don Saverio Lopane noch nicht über die hiermit entstandene unerfreuliche Situation zu unterrichten. Aber selbstverständlich wird er Antonietta Prestifilippo die negative Antwort früher oder später übermitteln müssen.

Unsere Kanzlei wäre deshalb gern bereit, sich mit den Behörden der Provinz auf eine gemeinsame Verhaltensrichtschnur zu einigen.

Der Herr sei mit Euch.

für S. E. den BISCHOF
der Privatsekretär
(Don Angelo Sorrentino)

KÖNIGLICHE PRÄFEKTUR VON MONTELUSA

DER PRÄFEKT

Protokoll Nr. 98901/BV/B/B/649
Betreff: *Eheschließung Pr. Grhane Solassie*

An Don Angelo Sorrentino
Bischöfliche Kanzlei
Montelusa

Montelusa, 4. Januar 1930

Hochwürden,

gleich nach Erhalt Eures Briefes, den zu schreiben Ihr so durchaus berechtigterweise für angezeigt gehalten habt, habe ich mich beeilt, Verbindung mit dem Herrn Polizeipräsidenten Mannarino und dem Föderationssekretär Kamerad Caccialupi aufzunehmen.

Wir hatten eine kurze Zusammenkunft, in der wir zu der gemeinsamen Überzeugung gelangt sind, dass es wünschenswert wäre, wenn die Bischöfliche Kurie, die bei jeder Gelegenheit so viel erleuchtete Umsicht walten lässt, sich auch in dieser unangenehmen Situation in entsprechender Weise verhielte, um ein für alle zuträgliches Ergebnis zu erreichen.

Uns allen liegt jegliche Absicht fern, uns auch nur im geringsten in die hohe Verantwortung einzumischen, mit der die Kurie tagtäglich betraut ist, aber wir fragen uns, ob es nicht angebracht wäre, an höchster Stelle weitere Erkundigungen über die Modalitäten der Feier einer koptisch-katholisch gemischten Trauungszeremonie einzuholen.

Wir stellen nicht in Frage, dass Euch die diesbezüglichen Modalitäten durch Don Khuba erschöpfend beschrieben worden sind, doch eine von Euch darüber hinaus höheren Orts erbetene Bestätigung hätte zur Folge, dass der Prinz Grhane Solassie Mbssa während der Frist, die bis zur Beantwortung Eurer Fragen aus Rom unweigerlich verstreichen würde, alle Zeit der Welt hätte, dem nachzukommen, was zum Wohle unseres Vaterlandes und der faschistischen Revolution zu tun er gebeten wurde.

Mit anderen Worten, jeder Tag, der gewonnen wird, bevor man dem Prinzen die abschlägige Antwort bezüglich seiner Heiratsabsichten zur Kenntnis bringt, ist in der Tat sehr kostbar.

Wir hatten Gelegenheit, nur allzu deutlich zu erleben, wie wankelmütig der Prinz ist und wie leicht er infolge geringfügigster Hindernisse, die seinen Wünschen entgegenstehen könnten, zu störrischem Verhalten neigt.

Er soll sich, wie inzwischen allgemein bekannt ist, im Laufe dieses Monats nach Rom begeben, um die beiden äthiopischen Ras zu einem Treffen mit dem Regierungsoberhaupt S. E. Benito Mussolini zu begleiten.

Besagtes Treffen hat eine sehr heikle politische Streitfrage zum Gegenstand und könnte nach Überzeugung des Duce in höchstem Maße dazu beitragen, diese zu unseren Gunsten zu lösen.

Für uns alle wäre es deshalb ideal, wenn der Prinz von der Unmöglichkeit einer erneuten Eheschließung erst nach seiner Rückkehr nach Vigàta erführe.

Ergebenst

DER PRÄFEKT
(*Felice Matarazzo*)

CLUB DER ADLIGEN IN MONTELUSA

DER PRÄSIDENT

An den Herrn Polizeipräsidenten von Montelusa

Montelusa, 5. Januar 1930

Signor Questore,

Wohlwollen, Höflichkeit und Großmut der adligen Mitglieder dieses Clubs haben mir die Ehre zuteil werden lassen, zum neuen Präsidenten gewählt zu werden an Stelle des hochgeschätzten Don Filippo Maria Giallombardo Duca del Montarozzo, der nach dem bekannten Zwischenfall, welcher zu einem Duell zwischen dem Prinzen Grhane Solassie Mbssa und Don Gesualdo Trincanato, Fürst von Sommatino, führte, das glücklicherweise ohne Blutvergießen vonstatten ging, mit großer Edelmütigkeit und leider unwiderruflich seinen Rücktritt erklärt hat.

Daher beehre ich mich, Ihnen zu schreiben, um Ihnen unverzüglich einen weiteren unerfreulichen Vorfall anzuzeigen, der sich heute nachmittag im Club zwischen dem Prinzen Grhane und dem Marchese Idalberto Loria di San Giustino ereignet hat.

Bestaunt von den Anwesenden, das sei ehrlicherweise zugegeben, erschien der Prinz heute im Club in einem Cut mit großem grünem Schnurbesatz und goldenen Tressen, aber mit bloßen Füßen, sogar ohne Strümpfe. Die Schuhe hatte er im Vorraum ausgezogen, bevor er den Salon betrat. Außerdem trug er, um die Taille geschnallt, einen gewaltigen Krummsäbel.

Als ich ihn darauf hinwies, es sei ein Zeichen des Anstands, den Club, ungeachtet der Art der Waffe, unbewaffnet zu betreten, antwortete er mir, er werde dies tun unter der Bedingung, dass er zusammen mit dem Säbel auch alle Kleidungsstücke ablegen und vollständig nackt bleiben dürfe, da es in seinem Lande Brauch und Sitte sei, solches zu tun und mindestens zwei Stunden so zu bleiben, nachdem jemand den Kriegssäbel abgenommen habe.

Um also dem vorzubeugen, ihn unbekleidet zwischen den Salons umherlaufen zu sehen, nahm ich von der Aufforderung Abstand. Doch als er sich dann an einen Spieltisch setzen wollte, erhob er Anspruch auf den Sessel, der, wie er bereits erfahren hatte, im Club sorgsam in Ehren gehalten wird, weil darauf anlässlich eines kurzen Besuchs in Vigàta Seine Majestät Vittorio Emanuele III. gesessen hat.

Auf meine Frage, warum er ausgerechnet diesen Sessel wünschte, gab er zur Antwort, nur dieser sei des Festanzugs, den er trage, würdig. Das Angebot, ihm meinen Präsidentenstuhl zu überlassen, lehnte er barsch ab. An diesem Punkt schaltete sich der Marchese Idalberto Loria di San Giustino, Kavalier bei Hofe, in die Auseinandersetzung ein und machte ihn mit großer Freundlichkeit darauf aufmerksam, dass es niemandem gestattet sei, sich in den Sessel zu setzen, in dem seinerzeit Seine Majestät Platz genommen habe.

Worauf Prinz Grhane wortwörtlich erwiderte:

«Mein Arsch steht dem eures Königs in nichts nach.»

Außer sich, weil er durch diese höhnischen und beleidigenden Worte den besagten anatomischen Teil Seiner Majestät zutiefst beleidigt sah, versetzte der Marchese di San Giustino dem Prinzen einen Schlag ins Gesicht.

Dieser ergriff seinen Säbel, ließ ihn mit wildem Gebrüll hoch über seinem Kopf kreisen, um ihn schließlich mit aller Kraft gegen den Marchese zu schleudern, der sich dank seines schnellen Reaktionsvermögens rasch duckte, so dass der Säbel gegen einen kostbaren Wandspiegel aus dem achtzehnten Jahrhundert prallte und diesen zertrümmerte. Während der Marchese di San Giustino den Club verließ, gelang es fünf Mitgliedern nach heftigem Handgemenge, den Prinzen festzuhalten und ihn mit Mühe wieder zur Vernunft zu bringen.

Ich halte es deshalb für meine Pflicht, Ihnen mitzuteilen, dass ich für übermorgen, den 7. Januar, eine außerordentliche Sitzung des Vorstandes anberaumt habe, wobei als Hauptpunkt die Aufhebung der Mitgliedschaft des Prinzen Grhane auf der Tagesordnung stehen wird.

Seine Äußerungen, die die höchste königliche Würde der Person Seiner von uns allen so sehr verehrten und geliebten Majestät verletzt haben, werden von allen Mitgliedern dieses Clubs gleichermaßen als tiefste Beleidigung empfunden.

Ich hege die Vermutung, dass der Zusammenstoß zwischen dem Prinzen Grhane und dem Marchese di San Giustino unausweichlich auf dem Duellplatz enden wird.

DER PRÄSIDENT
Don Giulio Raimondo Figurino
Marchese della Pergola

KÖNIGLICHE PRÄFEKTUR VON MONTELUSA

DER PRÄFEKT

Protokoll Nr. 98901/BV/B/B/657
Betreff: *Clubschließung*

An Don Giulio Raimondo Figurino
Präsident des Clubs der Adligen
Montelusa

Montelusa, 5. Januar 1930

Mit Wirkung von heute, 5. Januar 1930, bleibt der Club der Adligen in Montelusa auf Anordnung dieser Präfektur wegen schwerwiegender, von mehreren Mitgliedern angezeigter Verstöße, derentwegen noch ermittelt wird, auf unbestimmte Zeit geschlossen.

DER PRÄFEKT
(*Felice Matarazzo*)

KÖNIGLICHE PRÄFEKTUR VON MONTELUSA

DER PRÄFEKT

Protokoll Nr. 98901/BV/B/B/658
Betreff: *Verhaftungsersuchen*

An den Herrn Polizeipräsidenten von Montelusa

Montelusa, 5. Januar 1930

Signor Questore!

Da ich soeben den Marchese Idalberto Loria di San Giustino betreffend eine Maßnahme zur Verbringung an einen Zwangswohnort angeordnet habe, wollen Sie bitte unverzüglich seine Verhaftung vornehmen, damit er sich dieser Maßnahme nicht durch Flucht entziehen kann.

Faschistische Grüße

DER PRÄFEKT
(Felice Matarazzo)

P. S. (nach dem Lesen sofort ausradieren)

Wenn diese Geschichte endlich vorbei ist, verspreche ich, dass ich diesen vermaledeiten Neger, der keinen Tag vergehen lässt, ohne irgendeinen Riesenschlamassel anzurichten, eigenhändig erwürgen werde. Ich hoffe, Sie sind mit von der Partie. F. M.

SERVIZIO DI STATO

TELEGRAMM

von: Arnaldo Caccialupi
Föderationssekretär Montelusa
an: Corrado Perciavalle
Ministerium des Äußeren Rom
Datum: 7. Januar 1930
Uhrzeit: 12

Mitteile euch prinz grhane solassie hat endlich heute morgen brief geschrieben nach diktat don bottino stop wie befohlen hat prinz begleitet von kamerad mit zuverlässiger faschistischer gesinnung brief eigenhändig an postangestellten von vigàta kamerad antonio milotto übergeben stop faschistische Grüße stop arnaldo caccialupi föderationssekretär montelusa

KÖNIGLICHES POLIZEIKOMMISSARIAT
VON VIGÀTA

Protokoll Nummer: 897
Betreff: *Brief Prinz*

An Commendatore Filiberto Mannarino
Polizeipräsident von
Montelusa

Vigàta, 7. Januar 1930

Signor Questore,

sofort nach Erhalt Eurer Mitteilung, Prinz Grhane Solassie habe nach Diktat von Don Bottino mit dem Schreiben des Briefes an den Negus begonnen, habe ich mich gemäß Eurem Befehl unverzüglich darum gekümmert, den Brigadiere Emanuele Cannizzaro in Zivil zum hiesigen Postamt zu schicken.

Dieser musste, in einer Abstellkammer versteckt, lange warten, aber nachdem der Prinz dem Angestellten Milotto den Brief zum Versand übergeben und das Gebäude wieder verlassen hatte, ist er augenblicks aus seinem Versteck hervorgekommen, hat sich den Brief aushändigen lassen und ihn hierher auf das Kommissariat gebracht.

Einmal im Besitz des Briefes, habe ich sofort veranlasst, ihn durch denselben Brigadiere Cannizzaro Seiner Exzellenz dem Präfekten von Vigàta zukommen zu lassen, der seinerseits dafür sorgen wird, dass er nach Rom ins Außenministerium gelangt, auf dass er dort von einem der äthiopischen Sprache Kundigen geöffnet, überprüft, wieder verschlossen und erneut an mich geschickt wird, damit ich ihn mit dem Poststempel von Vigàta versehen an den Negus absende.

S. E. der Präfekt hat mich gefragt, ob der Brigadiere Cannizzaro den Brief nicht selbst nach Rom bringen könne, aber ich musste ihm leider eine abschlägige Antwort erteilen, insofern ich, weil es mir an Personal fehlt, nicht zwei oder drei Tage auf einen wertvollen Untergebenen verzichten kann.

Hochachtungsvoll, faschistische Grüße

DER POLIZEIKOMMISSAR VON VIGÀTA
(*Giacomo Spera*)

Beiblatt streng vertraulich!!!

Signor Questore,

mit dem neulich im Club der Adligen absichtlich vom Zaun gebrochenen Streit hat der Prinz offenbar versucht, sich erneut zum Duell herausfordern zu lassen, einem Duell, das ihm eine kleine Verletzung verschaffen sollte, die ihn wieder für eine Weile in die Lage versetzt hätte, den Brief nicht schreiben zu müssen. Da ihm der Plan durch das rechtzeitige Eingreifen des Präfekten missglückt ist, hatte er keine Ausrede mehr und musste sich dazu bequemen, den Brief zu schreiben. Aber ich bin fest davon überzeugt, dass er sich irgendeine Teufelei hat einfallen lassen. Ich erwarte mit einiger Ungeduld, zu welchem Ergebnis der Dolmetscher beim Lesen des Briefes kommen wird, wünsche mir allerdings aus tiefster Seele, dass ich mich irre, um mich nicht erneut vor Situationen gestellt zu sehen wie die, in die uns der Prinz bereits hineingeritten hat. Wenn ich meinen Brigadiere nicht nach Rom geschickt habe, dann deshalb, um zu vermeiden, dass auch wir als Polizei in irgendeine Falle des Prinzen hineingezogen werden, die sich, wie, weiß ich allerdings nicht, beim Transport des Briefes nach Rom auftun könnte.

Mit dem Ausdruck meiner vorzüglichen Hochachtung

Giacomo Spera

SERVIZIO DI STATO

TELEGRAMM

von: Corrado Perciavalle
Ministerium des Äußeren Rom
an: Arnaldo Caccialupi
Föderationssekretär Montelusa
Datum: 8. Januar 1930
Uhrzeit: 12.15

Besuch der beiden ras at seiner exzellenz regierungschef benito mussolini erfolgt 13. januar 10 uhr morgens palazzo venezia stop kriegsminister stellt prinz grhane solassie militärisches wasserflugzeug at dispositio wasserung hafen vigàta 12. Januar vormittags circa 11 uhr stop wegen wichtigkeit mission prinz wird besagtes wasserflugzeug von exzellenz balbo quadrumvir der revolution persönlich geflogen stop nach wasserung ostia prinz nach rom im persönlichen wagen des duce stop unterbringung in albergo excelsior stop bitte prinz informieren äthiopische botschaft teilt mit ras sejum est verhindert nach rom zu kommen wird deshalb ersetzt durch ras makonnen stop faschistische grüße stop corrado perciavalle ministerium des äußeren rom

SERVIZIO DI STATO

TELEGRAMM

von: Arnaldo Caccialupi
Föderationssekretär Montelusa
an: Corrado Perciavalle
Ministerium des Äußeren Rom
Datum: 8. Januar 1930
Uhrzeit: 18.30

Nach mitteilung über ersetzung ras sejum durch ras makonnen erklärt prinz solassie entschieden er habe keine einwände aber stehe nicht at dispositio gründe rein familiär will er diesmal nicht verraten stop durch meine sorgfältigen et rastlosen et unermüdlichen nachforschungen erlangte ich kenntnis heikler situation die ich bitte streng vertraulich zu behandeln stop ras makonnen est schwiegervater von prinz solassie stop prinz fürchtet ras habe kenntnis von seinem wenig gradlinigen gefühlsleben in vigàta et ergo hat angst vor möglichen reaktionen stop quid est meine überzeugung keine vermutung stop ohne hinweis auf wissen um wahres motiv seiner weigerung habe ich mir daraufhin erlaubt motu proprio vorgesehene gesamtentschädigung von 50 000 (fünfzigtausend) lire für briefschreiben und baldige romreise at insgesamt 75 000 (fünfundsiebzigtausend) lire zu erhöhen stop nach langem zögern hat prinz akzeptiert stop verlangt sofortige einzahlung differenz 25 000 (fünfundzwanzigtausend) lire bei filiale vigàta banco di sicilia stop einzahlung muss bis spätestens morgen mittag zwölf uhr erfolgen stop stellt absolute et unwiderrufliche bedingung hinsichtlich beförderung wasserflugzeug stop sagt nur vögel fliegen menschen nicht stop verlangt deshalb zwei kabinen schlafwagen palermo-rom am 10. freund prestifilippo soll ihn begleiten und in tagen vor treffen in ruhe mit ihm hauptstadt besichtigen stop faschistische grüße stop arnaldo caccialupi föderationssekretär montelusa

SERVIZIO DI STATO

TELEGRAMM

von: Corrado Perciavalle
Ministerium des Äußeren Rom
an: Arnaldo Caccialupi
Föderationssekretär Montelusa
Datum: 8. Januar 1930
Uhrzeit: 21.10

Unser ministerium billigt voll und ganz eure aktion und bittet um vorstreckung summe 25 000 (fünfundzwanzigtausend) lire die euch vom ministerium noch am morgigen tag erstattet wird durch gutschrift auf konto faschistische provinzföderation vigàta stop seine exzellenz benito mussolini von mir persönlich informiert gratuliert euch zu eurer fähigkeit aufgetretene hindernisse bei prinzreise zu beseitigen reise für duce von großer bedeutung stop zugfahrt prinz et begleiter genehmigt stop wollt deshalb bitte fahrkarten besorgen stop faschistische grüße stop prinzbrief at negus wird erst am 12. von spezialdolmetscher geprüft der früher nicht verfügbar stop faschistische grüße stop corrado perciavalle ministerium des äußeren rom

MONTELUSA – BÜRO DES POLIZEIPRÄSIDENTEN
10/1/1930, 19 Uhr

– Was gibt's, Spera?
– Signor Questore, was wissen Sie Neues über den Prinzen?
– Warum fragen Sie mich das?
– Ich habe Brandgeruch in der Nase.
– O Gott, Spera! Wenn Sie Brandgeruch in der Nase haben, muss es schon gewaltig brennen!
– Bitte, was ist mit dem Prinzen?
– Wie spät ist es? Sieben? Dann sitzt er schon seit einer Stunde im Zug nach Rom. Er ist mit einem Mietauto nach Palermo gefahren. Ich glaube, mit Prestifilippo zusammen.
– Nein, Prestifilippo ist mit Sicherheit nicht mitgefahren.
– Also fährt er allein?
– Nein, in Begleitung.
– Und mit wem? Würden Sie sich deutlicher ausdrücken?
– Ich habe es erst vor ein paar Stunden erfahren. Gaetano Prestifilippo ist gestern nachmittag ins hiesige Krankenhaus eingeliefert worden.
– Was ist passiert?
– Er hat sich das Becken gebrochen.
– Wie denn das?
– Seine Lebensgefährtin und zukünftige Frau, Michelina

Butticè, hatte ihn gebeten, eine durchgebrannte Glühbirne im Bad auszuwechseln. Prestifilippo nahm eine Leiter, lehnte sie an die Wand, stieg drauf, aber die Leiter rutschte weg, weil der ganze Fußboden mit Schaum bedeckt war, denn die Butticè wollte gründlich saubermachen. Und er hat es nicht bemerkt, weil er ohne Brille keinen Zentimeter weit sieht.
– Hätte ihn die Butticè denn nicht warnen können?
– Das hat sie wohl vergessen.
– Und dann?
– Und dann, in Anbetracht dessen, dass Prestifilippo verunglückt war und seine Tochter Antonietta ihm an seinem Krankenlager beistehen muss, in Anbetracht dessen noch dazu, dass ein Platz für eine schöne Reise nach Rom freigeworden war, völlig kostenlos, wurde beschlossen, dass die künftige Schwiegermutter, Michelina Butticè, den Prinzen begleiten sollte.
– O mein Gott, er ist mit seiner Geliebten losgereist?!
– Nicht nur das.
– Was heißt nicht nur das? Spannen Sie mich nicht auf die Folter, um Himmels willen!
– Als ich diese Geschichte hörte, kam mir ein Verdacht.
– Welcher?
– Ich habe mich schnellstens in die Filiale des Banco di Sicilia begeben und erfahren, dass der Prinz am späten Vormittag das ganze Geld abgehoben hat, über das er verfügen konnte. Fünfundsiebzigtausend Lire, ein Vermögen.
– Herr im Himmel! Und was macht er mit all diesem Geld? Warum trägt er es in bar mit sich herum?
– Signor Questore, darf ich mir erlauben, Ihnen einen Rat zu geben? Telefonieren Sie mit Rom. Der Prinz muss, sowie

er aus dem Zug steigt, von einem unserer Leute in Obhut genommen und ständig unter Kontrolle gehalten werden, bis er im Palazzo Venezia ist.

– Ja, das mache ich sofort.

– Und falls nötig, soll jemand damit beauftragt werden, den Prinzen daran zu hindern, vor Mussolini so zu erscheinen, wie er es im Club der Adligen getan hat, Cut mit grünem Schnurbesatz und goldenen Tressen, mit bloßen Füßen und großem Krummsäbel an der Seite. Wenn er noch dazu, wie es scheint, mit Ras Makonnen im Streit liegt, der sein rechtmäßiger Schwiegervater sein soll, dann könnte es Mord und Totschlag geben.

MONTELUSA – BÜRO DES PRÄFEKTEN

11/1/1930, 16 Uhr

– Matarazzo?
– Ja. Mit wem spreche ich?
– Geraldini. Ich rufe aus Rom an.
– Ah, mein Lieber, wie geht's?
– Wir sitzen in der Scheiße, verdammt, und du fragst mich, wie's mir geht!
– Wieso?
– Er ist nicht angekommen.
– Wer?
– O Mann, Matarazzo! Wer sollte denn wohl ankommen?
– Der Prinz, o Gott! Er ist nicht angekommen?
– Nein.
– Und seine Begleiterin?
– Die auch nicht. Nach dem Anruf deines Polizeipräsidenten Mannarino hatten wir vorgesehen, den Polizeipräsidenten Ramboldi zum Bahnhof zu schicken. Der ist, sowie der Zug aus Palermo hielt, vor dem Schlafwagen in Stellung gegangen. Alle Passagiere stiegen aus, nur nicht der Prinz und die Frau. Daraufhin hat er sich bei dem Schlafwagenschaffner erkundigt und erfahren, dass die beiden nebeneinanderliegenden und miteinander verbundenen Kabinen 22 und

24, die für das Paar reserviert waren, niemals in Anspruch genommen worden sind.

– Was heißt niemals?

– Matarazzo, bist du blöd? Niemals heißt niemals. Das heißt, dass die beiden in Palermo ihre Kabinen nicht bezogen haben. Klar? Stellt sich also die Frage: Sind sie überhaupt abgefahren? Wer hat sie nach Palermo begleitet, wo zum Teufel hat er sie gelassen? Wo zum Teufel sind sie abgeblieben? Versuch mir irgendeine Scheißantwort zu geben, bis spätestens in einer Stunde.

MONTELUSA – BÜRO DES POLIZEIPRÄSIDENTEN
11/1/1930, 16.45 Uhr

– Signor Questore? Hier ist Spera.
– Haben Sie was herausgefunden? Der Präfekt hat schon zweimal angerufen.
– Schneller ging's nicht. Ich habe mit dem Autovermieter gesprochen, und der hat mir gesagt, dass der Chauffeur, der den Prinzen und die Butticè nach Palermo gefahren hat, Pistarò Totuccia heißt. Weil der heute seinen freien Tag hat, war es nicht leicht, ihn aufzutreiben. Schließlich hab ich ihn beim Angeln aufgespürt an der Punta …
– Spera, bitte, kommen Sie zur Sache! Hier geraten Minister, Präfekten und Polizeipräsidenten ins Wanken!
– Pistarò schwört Stein und Bein, dass er sie in Palermo zum Bahnhof gefahren hat. Ja, und weil er stehengeblieben ist und mit einem Kollegen geplaudert hat, hat er auch noch gesehen, wie der Prinz einen Gepäckträger rief.
– Also sind sie abgereist.
– Ja, schon. Aber wohin?
– Entschuldigung, was wollen Sie damit sagen?
– Ich will damit sagen, dass zehn Minuten nach Abfahrt des Zuges nach Rom ein Zug nach Catania abfährt.
– O mein Gott! Ich ruf sofort in Catania an.

MONTELUSA – BÜRO DES PRÄFEKTEN
11/1/1930, 17.30 Uhr

– Matarazzo?
– Ja, was ist, Geraldini?
– Sag dem Polizeipräsidenten Mannarino, er soll die Nachforschungen in Catania abbrechen.
– Habt ihr sie aufgespürt?
– Einen Dreck haben wir!
– Ja und?
– Ramboldi hat den Zugschaffner befragt, der behauptet, er habe keinen Neger gesehen. Aber …
– Warum soll ich dann die Suche in Catania abbrechen lassen?
– Lässt du mich mal ausreden, verdammte Scheiße? Aber dieser Schaffner ist erst in Neapel eingestiegen und hat den Kollegen abgelöst, der auf der Strecke Palermo–Neapel Dienst hatte. Daraufhin hat Ramboldi die Bahnpolizei in Neapel angerufen und den anderen Schaffner ausfindig gemacht. Und dieser hat gesagt, ein Neger und eine Negerin hätten in einem Wagen der dritten Klasse gesessen … Aber in Neapel … Scheiße, jetzt fällt mir ein, wo kommt denn diese Scheißnegerin auf einmal her?
– Immer mit der Ruhe, Geraldini.

– Scheiße, von wegen Ruhe! Ist denn ganz Abessinien hierher unterwegs, um uns auf den Sack zu gehen?
– Die Negerin ist keine Negerin, Geraldini. Sie hat nur sehr dunkle Haut und kann für eine Negerin gehalten werden, ist aber Sizilianerin und heißt Michelina Butticè.
– Gott sei Dank. Wo war ich stehengeblieben?
– In Neapel.
– Ja genau, sie sind in Neapel ausgestiegen. Jetzt frage ich mich: Warum sind sie, verdammt nochmal, in Neapel ausgestiegen?
– Vielleicht wollten sie sich die Stadt ansehen. Sie machen einen Tag in Neapel Station und dann fahren sie weiter nach Rom.
– Weißt du was? Ich lass sie jetzt in allen Hotels von Neapel suchen, diese beiden Scheißneger!

MONTELUSA – BÜRO DES POLIZEIPRÄSIDENTEN
11/1/1930, 18 Uhr

– Spera? Hier Mannarino.
– Ja bitte, Signor Questore.
– Der Präfekt hat mir gesagt, ich soll die Suche in Catania abbrechen. Die beiden sind dritter Klasse gereist und mit Sicherheit in Neapel ausgestiegen.
– Scheiße! Entschuldigung, Signor Questore.
– Was denken Sie?
– Die sind dritter Klasse gefahren, weil sie bestimmt wussten, dass in Rom einer von unseren Leuten sie vom Bahnhof abholen würde. Niemand hätte sich vorstellen können, dass sie aus einem anderen Waggon aussteigen.
– Aber warum denn?
– Um in der Menge unterzutauchen und dann endgültig verschwinden zu können.
– Entschuldigen Sie, Spera, ich verstehe nicht. Wenn sie doch schon vorhatten, in Neapel auszusteigen!
– Es ist nur eine Vermutung, Signor Questore, aber ich denke, die Idee mit Neapel ist ihnen erst unterwegs gekommen. Sie werden sich gesagt haben, wenn sie sich in Italien verstecken, finden wir sie früher oder später.
– In Italien?! Dann nehmen Sie also an …

– Richtig, Signor Questore. Die beiden haben sicher irgendein Schiff bestiegen, das nach Frankreich, nach Tunis oder nach Athen fährt … Wissen Sie, wie viele Schiffe von Neapel aus direkt ins Ausland fahren? Oder wissen Sie was? Mit dem ganzen Geld, das der in der Tasche hat, kann er sich sogar ein Schiff mieten!

SERVIZIO DI STATO

TELEGRAMM

von: Corrado Perciavalle
Ministerium des Äußeren Rom
an: Arnaldo Caccialupi
Föderationssekretär Montelusa
Datum: 12. Januar 1930
Uhrzeit: 11.30

Zu eurer kenntnisnahme übermittle ich euch genaue übersetzung des von prinz solassie at negus geschickten briefes stop anführungszeichen unten lieber onkel die italiener wollten dass ich einen brief schreibe um dir zu erklären wie gutherzig und großzügig sie sind aber es ist mir gelungen sie hinters licht zu führen und ich sage dir tatsächlich sind sie dumm wie esel halten sich aber für schlau wie ein fuchs und deshalb wirst du bei deiner klugheit leichtes spiel mit ihnen haben auch wenn du in der frage der grenzen mit somalia hart bleibst mir geht es gut und ich hoffe der tante auch ich umarme dich fest dein neffe grhane anführungszeichen oben stop nichts weiter hinzuzufügen stop corrado perciavalle ministerium des äußeren rom

MINISTERIUM FÜR VOLKSBILDUNG

DER MINISTER

Befehl Nr. 14.172

Rom, 12. Januar 1930

An alle Chefredakteure der nationalen, regionalen und lokalen Tageszeitungen
Jeweilige Anschriften

Wir erlassen ausdrückliches und bindendes Verbot jeglicher Meldung, auch in den Vermischten Nachrichten, über Verschwinden des abessinischen Prinzen Solassie.

für den MINISTER
der Kabinettschef
Gianluca Tosto

MONTELUSA – CASA DEL FASCIO

12/1/1930, 15 Uhr

– Ich habe Euch rufen lassen, Kamerad Questore, weil ich sie entlarvt habe, die Urheber dieser abscheulichen Machenschaft! Dieses widerlichen kommunistischen Komplotts! Dieser verbrecherischen subversiven Nutzung eines öffentlichen Dienstes wie der Post! Alles Kommunisten! Vaterlandslos, gottlos, familienlos, ehrlos, würdelos!

– Ich verstehe nicht, Kamerad Federale.

– Ich verlange die sofortige Verhaftung des Polizeikommissars Giacomo Spera, des Brigadiere Emanuele Cannizzaro und des Postangestellten Stefano Milotto in Vigàta!

– Soll das ein Witz sein?

– Ich mache niemals Witze! Die Faschisten machen keine Witze, sie machen Ernst!

– Würdet Ihr mir wenigstens sagen, warum ich sie verhaften soll?

– Weil sie durch gemeinschaftliches Handeln und in Absprache mit diesem beschissenen Neger dafür gesorgt haben, dass der von diesem elenden Neger unter Diktat geschriebene Brief auf dem Postamt gegen einen anderen, vorher von demselben Neger geschriebenen, ausgetauscht wurde.

– Lasst mich das verstehen, Kamerad Federale. Eurer Ansicht

nach war der Milotto bereits im Besitz des anderen Briefes und hat unter den Augen des Brigadiere Cannizzaro den Austausch vorgenommen?
– Richtig! Es sind Komplizen! Und deshalb müssen sie verhaftet werden!
– Entschuldigung, gesetzt den Fall, die Dinge hätten sich so zugetragen, was hat dann aber Commissario Spera damit zu tun?
– Er hat damit zu tun! War er es etwa nicht, der den Brigadiere Cannizzaro zur Post geschickt hat? Eindeutig ist auch er ein Komplize dieser schändlichen Verschwörung! Bei Gott! Wie recht hat der Duce, wenn er sagt, was er sagt!
– Entschuldigung, im Moment lässt mich mein Gedächtnis im Stich, was sagt denn der Duce?
– Dass man immer auf der Hut sein muss! Dass man nie nachlassen darf in der Wachsamkeit! Dass es wimmelt von Verschwörern und Feinden der faschistischen Revolution!
– Seid Ihr sicher, Kamerad Federale, dass die Vertauschung der Briefe auf dem Postamt stattgefunden hat?
– Wo denn sonst?

Il giornale dell'Isola

Direttore Angelo Bianco — Palermo, 14. Januar 1930

Versetzung von Präfekten

Rom – S. E. der Minister des Inneren hat nach Beratung mit Regierungsoberhaupt S. E. Benito Mussolini die Versetzung folgender Präfekten verfügt: Comaschi Gianfilippo von Vicenza nach Montelusa; Berardini Attilio aus dem Ministerium nach Vicenza; der Präfekt Geraldini Carlo, der im Ministerium des Inneren mit Sonderaufgaben betraut war, wird in den Ruhestand versetzt.

Ebenfalls in den Ruhestand versetzt wird Felice Matarazzo, der zuletzt Präfekt in Montelusa war.

NATIONALE FASCHISTISCHE PARTEI

DER NATIONALSEKRETÄR

Glauben, gehorchen, kämpfen!

Befehl Nr. AZ/43241

Rom, 15. Januar 1930

An Kamerad Arnaldo Caccialupi
Faschistische Föderation der Provinz
Montelusa

Kamerad!

Ich teile Euch mit, dass Seine Exzellenz Benito Mussolini, Regierungsoberhaupt und Oberster Führer der Revolution, die sofortige Wachablösung in der Faschistischen Föderation Montelusa verfügt hat.

An Eure Stelle als Föderationssekretär tritt der Kamerad Adelmo Sacripanti.

Auf Befehl des Duce sollt Ihr binnen einer Woche ab Datum von heute Afgoi (Italienisch-Somaliland) erreichen, wo Ihr einen Melonenanbaubetrieb der Societa Agricola Italo-Somala leiten werdet.

Heil dem Duce!

für den NATIONALSEKRETÄR
Adelchi Buttafuoco

Il giornale dell'Isola

Direttore Angelo Bianco — Palermo, 16. Januar 1930

Selbstmordversuch in Vigàta

Vigàta – Gestern gegen sechzehn Uhr hat eine Siebzehnjährige, Antonietta Prestifilippo, die vor einiger Zeit Ziel eines Totschlagversuchs von seiten eines abgewiesenen Verehrers gewesen ist, einen Suizidversuch unternommen, indem sie sich von der westlichen Hafenmole in Vigàta stürzte. Ein nicht weit entfernter Fischer, Gerlando Savatteri, sprang auf der Stelle ins Wasser und es gelang ihm, wenn auch wegen des unruhigen Meeres nur unter großen Mühen, das junge Mädchen zu bergen.

Die Motive für dieses sinnlose Handeln sind nicht bekannt. Wahrscheinlich ist die Ursache in dem Zustand tiefer Niedergeschlagenheit des jungen Mädchens zu suchen, das, mutterlos, ihren Vater derzeit mit einem schweren Beckenbruch im Krankenhaus von Montelusa liegen hat. In dieses Krankenhaus wurde nun auch sie selbst eingeliefert, da sie sich, gegen eine Klippe prallend, den linken Arm gebrochen hat. (*G. V.*)

MONTELUSA – BÜRO DES POLIZEIPRÄSIDENTEN
17/1/1930, 10 Uhr

– Sieht so aus, als wären wir um Haaresbreite davongekommen, lieber Spera. Der Wirbelsturm Solassie hat uns nur gestreift. Aber es hat nicht viel gefehlt, und er hätte uns übel mitgerissen. Wir hätten geradewegs im Knast landen können!
– Schnee von gestern, Signor Questore. Gibt's was Neues vom Prinzen und der Butticè?
– Sie hatten recht, lieber Spera, aber nur zum Teil.
– Das heißt?
– Ich habe erst gestern erfahren, dass die Butticè am 23. Dezember hier bei uns im Polizeipräsidium gewesen ist.
– Und was wollte sie?
– Einen Reisepass.
– Und wurde ihr einer ausgestellt?
– Selbstverständlich. Am 7. Januar. Gerade noch rechtzeitig, damit sie ihn benutzen konnte. Die Idee, in Neapel auszusteigen und sich dort einzuschiffen, ist ihnen also nicht während der Zugfahrt gekommen, wie Sie vermutet haben, sondern die hatten sie schon lange vorher. Sie haben nur einen günstigen Moment abgewartet, sie in die Tat umzusetzen. In Neapel haben sie sich eingeschifft und von Bord gegangen sind sie in Marseille.

– Wir dachten, wir könnten ihn verarschen und statt dessen …
– … ist das Gegenteil der Fall. Aber wissen Sie was? Ich bin sicher, dass die Geschichte damit noch nicht zu Ende ist. Es gibt bestimmt noch ein Nachspiel.
– O Gott, Signor Questore! Jagen Sie mir keinen Schrecken ein! Werden wir den Prinzen noch mal am Hals haben?
– Nein, keine Sorge, den Prinzen sehen wir nicht wieder.
– Was denn dann?
– Wie ich gehört habe, ist Mussolini die Sache nicht glatt runter gegangen. Stellen Sie sich vor, im letzten Moment hat er sogar das Treffen mit den Ras abgesagt. Er hat befürchtet, bei ihrem Anblick würden ihm die Nerven durchgehen. Es macht ihn rasend, dass er von einem Neger hinters Licht geführt worden ist. Der wird sich rächen, da bin ich mir sicher. Wetten, dass der früher oder später Abessinien den Krieg erklärt?

ANMERKUNG

Die Anregung zu dieser Geschichte, die die Erzählstruktur des *Unschicklichen Antrags* aufnimmt, erhielt ich durch ein paar Seiten aus dem interessanten Buch von Michele Curcuruto, *I Signori dello zolfo* (Die Herren des Schwefels, Caltanisetta 2001).

Dort wird erwähnt, dass der Prinz Brhane Silassie, Neffe des Negus Haile Selassie, in den Jahren 1929–32 die Königliche Bergbauschule in Caltanisetta besuchte, an der er im November 1932 das Diplom als Bergbauspezialist erwarb. Gleich danach kehrte er in seine Heimat zurück, und als einige Jahre später die Italiener sein Land eroberten, geriet er in Not (offenbar hatte er sein Erbe mit einer gefälligen französischen Dame durchgebracht), kam im Zusammenhang mit dem Attentat auf Graziani sogar ins Gefängnis und wurde von einem früheren Mitstudenten an der Bergbauschule, Giovanni Curcuruto, der in Addis Abeba bei der Bergbauaufsicht des Kaiserreichs arbeitete, heimlich unterstützt.

Curcuruto versuchte mehrfach, dem armen Brhane eine Anstellung zu verschaffen, doch der Chef der Bergbauaufsicht, ein gewisser Usoni, antwortete unweigerlich, eine Einstellung sei nicht möglich, weil Brhane Neger sei.

Als die Engländer kamen und uns aus dem Kaiserreich vertrieben, verhielt sich Brhane uns gegenüber bewundernswert, unter anderem versuchte er, seinen Freund Curcuruto vor dem Gefängnis zu bewahren.

Während seiner Jahre in Caltanisetta war der Prinz eine stadtbekannte Erscheinung. Groß und elegant, führte er ein flottes Leben und kam mit dem Geld, das die äthiopische Regierung ihm schickte, nie aus, weshalb er überall Schulden machte. Ein hübsches Mädchen aus Caltanisetta, Annabella Bellavia, Tochter des Waldenserpastors und bekannten Dichters Calogero, in dessen Haus der Prinz eine Zeitlang wohnte, verliebte sich unsterblich in ihn.

Viel mehr gibt es über ihn nicht zu berichten.

Die anderen in diesem Buch erzählten Geschichten sind also mit einer Ausnahme alle völlig frei von mir erfunden.

Die Ausnahme: Mussolini hat tatsächlich die Mine Trabia besucht; wahr ist, dass ein ungeschickt, aber nicht gezielt geworfener Blumenstrauß ihn im Gesicht traf, und wahr ist auch, dass in derselben Nacht drei Unbekannte die aus Schwefel gegossene Büste des Duce in Brand setzten.

Der Besuch fand am 10. Mai 1924 statt.

Der aufmerksame Leser wird einige Anachronismen finden (zum Beispiel gab es den Slogan «glauben, gehorchen, kämpfen!» auf den Briefbögen der Nationalen Faschistischen Partei in den Jahren 1929–30 noch nicht, er tauchte erst nach 1931 auf und war eine Erfindung des neuen nationalen Parteisekretärs Achille Starace), aber man werfe sie mir nicht vor, sie sind gewollt.

Ich sage also noch einmal: Wenn auch die wichtigsten Geschehnisse, wie die versuchte Verwicklung des Prinzen in die expansionistischen Absichten Mussolinis, seine Amouren oder sein Streich am Schluss frei erfunden sind, wahr bleibt dennoch das Klima echter, allgemeiner Dummheit, die halb Farce, halb Tragödie jene Zeit geprägt hat. A. C.

INHALT